MEHR DES GLEICHEN

MEHR DES GLEICHEN

Some Author

MMXVI
Armchair Adventure
Bodegraven, The Netherlands

Mehr des gleichen / Some Author. - Bodegraven : Armchair Adventure, 2016.
- 116 p. ; 23 cm. - (Armchair Adventure Publication ; 3).
ISBN 978-90-825194-2-6
Originaltitel: More of the Same.

Verfügbar auf lulu.com.
Auch verfügbar in Englisch, Niederländisch, Französisch und Spanisch.

Inhaltsverzeichnis

Kapitel I

Mehr des gleichen. Mehr des gleichen.
Mehr des gleichen. Mehr

des gleichen. Mehr des gleichen.

Mehr des gleichen. Mehr des gleichen.

Mehr des gleichen. Mehr des glei-

chen. Mehr des gleichen. Mehr des gleichen. Mehr des gleichen. Mehr des gleichen. Mehr des gleichen. Mehr des gleichen. Mehr des gleichen. Mehr des gleichen. Mehr des gleichen. Mehr des gleichen. Mehr des gleichen. Mehr des gleichen. Mehr des gleichen. Mehr des gleichen. Mehr des gleichen. Mehr des glei-chen. Mehr des gleichen. Mehr des gleichen. Mehr des gleichen. Mehr des gleichen. Mehr des gleichen. Mehr des gleichen. Mehr des gleichen. Mehr des gleichen. Mehr des gleichen. Mehr des gleichen. Mehr des gleichen. Mehr des gleichen. Mehr des gleichen. Mehr des gleichen. Mehr des glei-chen. Mehr des gleichen. Mehr des gleichen. Mehr des gleichen. Mehr des gleichen. Mehr des gleichen. Mehr des gleichen. Mehr des gleichen. Mehr des gleichen. Mehr des gleichen. Mehr des gleichen. Mehr des gleichen. Mehr des gleichen. Mehr des gleichen. Mehr des gleichen. Mehr des glei-chen. Mehr des gleichen. Mehr des gleichen. Mehr des gleichen. Mehr des gleichen. Mehr des gleichen. Mehr des gleichen. Mehr des gleichen. Mehr des gleichen. Mehr des gleichen. Mehr des gleichen. Mehr des gleichen. Mehr des gleichen. Mehr des gleichen. Mehr des gleichen. Mehr des glei-chen. Mehr des gleichen. Mehr des gleichen. Mehr des gleichen. Mehr des gleichen. Mehr des gleichen. Mehr des gleichen. Mehr des gleichen. Mehr des gleichen. Mehr des gleichen. Mehr des gleichen.

Mehr des gleichen. Mehr des gleichen. Mehr des gleichen. Mehr des glei-chen. Mehr des gleichen. Mehr des gleichen. Mehr des gleichen. Mehr des gleichen. Mehr des gleichen. Mehr des gleichen. Mehr des gleichen. Mehr des gleichen. Mehr des gleichen. Mehr des gleichen. Mehr des gleichen. Mehr des gleichen. Mehr des gleichen. Mehr des gleichen. Mehr des glei-chen. Mehr des gleichen. Mehr des gleichen. Mehr des gleichen. Mehr des gleichen. Mehr des gleichen. Mehr des gleichen. Mehr des gleichen. Mehr des gleichen. Mehr des gleichen. Mehr des gleichen. Mehr des gleichen. Mehr des gleichen. Mehr des gleichen. Mehr des gleichen. Mehr des glei-chen. Mehr des gleichen. Mehr des gleichen. Mehr des gleichen. Mehr des gleichen. Mehr des gleichen. Mehr des gleichen. Mehr des gleichen. Mehr des gleichen. Mehr des gleichen. Mehr des gleichen. Mehr des gleichen. Mehr des gleichen. Mehr des gleichen. Mehr des gleichen. Mehr des gleichen.

Mehr des gleichen. Mehr des gleichen. Mehr des gleichen. Mehr des glei-chen. Mehr des gleichen. Mehr des gleichen. Mehr des gleichen. Mehr des gleichen. Mehr des gleichen. Mehr des gleichen. Mehr des gleichen. Mehr des gleichen. Mehr des gleichen. Mehr des gleichen. Mehr des gleichen. Mehr des gleichen. Mehr des gleichen. Mehr des gleichen. Mehr des glei-chen. Mehr des gleichen. Mehr des gleichen. Mehr des gleichen. Mehr des

gleichen. Mehr des gleichen.

Mehr des gleichen. Mehr des gleichen.

Mehr des gleichen. Mehr des gleichen.

Mehr des gleichen. Mehr des gleichen. Mehr des gleichen. Mehr des gleichen. Mehr des gleichen. Mehr des gleichen. Mehr des gleichen. Mehr des

gleichen. Mehr des gleichen.

Mehr des gleichen. Mehr des gleichen.

Mehr des gleichen. Mehr des gleichen. Mehr des gleichen. Mehr des glei-
chen. Mehr des gleichen. Mehr des gleichen. Mehr des gleichen. Mehr des
gleichen. Mehr des gleichen. Mehr des gleichen. Mehr des gleichen. Mehr
des gleichen. Mehr des gleichen. Mehr des gleichen. Mehr des gleichen.
Mehr des gleichen. Mehr des gleichen. Mehr des gleichen. Mehr des glei-
chen. Mehr des gleichen. Mehr des gleichen. Mehr des gleichen. Mehr des
gleichen. Mehr des gleichen. Mehr des gleichen. Mehr des gleichen. Mehr
des gleichen. Mehr des gleichen. Mehr des gleichen. Mehr des gleichen. Mehr
des gleichen. Mehr des gleichen. Mehr des gleichen. Mehr des gleichen. Mehr
des gleichen. Mehr des gleichen. Mehr des gleichen. Mehr des gleichen.
Mehr des gleichen. Mehr des gleichen.
Mehr des gleichen. Mehr des gleichen. Mehr des gleichen. Mehr des glei-
chen. Mehr des gleichen. Mehr des gleichen. Mehr des gleichen. Mehr des
gleichen. Mehr des gleichen. Mehr des gleichen. Mehr des gleichen. Mehr
des gleichen. Mehr des gleichen. Mehr des gleichen. Mehr des gleichen.
Mehr des gleichen. Mehr des gleichen. Mehr des gleichen. Mehr des glei-
chen. Mehr des gleichen. Mehr des gleichen. Mehr des gleichen. Mehr des
gleichen. Mehr des gleichen. Mehr des gleichen. Mehr des gleichen. Mehr
des gleichen. Mehr des gleichen. Mehr des gleichen. Mehr des gleichen.
Mehr des gleichen. Mehr des gleichen. Mehr des gleichen. Mehr des glei-
chen. Mehr des gleichen. Mehr des gleichen. Mehr des gleichen. Mehr des
gleichen. Mehr des gleichen. Mehr des gleichen. Mehr des gleichen. Mehr
des gleichen. Mehr des gleichen. Mehr des gleichen. Mehr des gleichen.
Mehr des gleichen. Mehr des gleichen. Mehr des gleichen. Mehr des glei-
chen. Mehr des gleichen. Mehr des gleichen. Mehr des gleichen. Mehr des
gleichen. Mehr des gleichen. Mehr des gleichen. Mehr des gleichen. Mehr
des gleichen. Mehr des gleichen. Mehr des gleichen. Mehr des gleichen.
Mehr des gleichen. Mehr des gleichen. Mehr des gleichen. Mehr des glei-
chen. Mehr des gleichen. Mehr des gleichen. Mehr des gleichen. Mehr des
gleichen. Mehr des gleichen. Mehr des gleichen. Mehr des gleichen. Mehr
des gleichen. Mehr des gleichen. Mehr des gleichen. Mehr des gleichen.
Mehr des gleichen. Mehr des gleichen. Mehr des gleichen. Mehr des glei-
chen. Mehr des gleichen. Mehr des gleichen. Mehr des gleichen. Mehr des
gleichen. Mehr des gleichen. Mehr des gleichen. Mehr des gleichen. Mehr
des gleichen. Mehr des gleichen. Mehr des gleichen. Mehr des gleichen.
Mehr des gleichen. Mehr des gleichen. Mehr des gleichen. Mehr des glei-
chen. Mehr des gleichen. Mehr des gleichen. Mehr des gleichen. Mehr des
gleichen. Mehr des gleichen. Mehr des gleichen.
Mehr des gleichen. Mehr des gleichen. Mehr des gleichen. Mehr des glei-
chen. Mehr des gleichen. Mehr des gleichen. Mehr des gleichen. Mehr des

gleichen. Mehr des gleichen.

Mehr des gleichen. Mehr des gleichen.

Mehr des gleichen. Mehr des gleichen.

Mehr des gleichen. Mehr des gleichen. Mehr des gleichen. Mehr des gleichen. Mehr des gleichen. Mehr des gleichen. Mehr des gleichen. Mehr des

gleichen. Mehr des gleichen.

Mehr des gleichen. Mehr des gleichen. Mehr des gleichen. Mehr des gleichen. Mehr des gleichen. Mehr des gleichen. Mehr des gleichen. Mehr des gleichen. Mehr des gleichen. Mehr des gleichen. Mehr des gleichen. Mehr des gleichen.

Mehr des gleichen. Mehr des gleichen.

Mehr des gleichen. Mehr des glei-

chen. Mehr des gleichen.

Mehr des gleichen. Mehr des gleichen.

Mehr des gleichen. Mehr des gleichen.

Mehr des gleichen. Mehr des gleichen.
Mehr des gleichen. Mehr des gleichen. Mehr des gleichen. Mehr des gleichen. Mehr des gleichen. Mehr des gleichen. Mehr des gleichen. Mehr des gleichen. Mehr des gleichen. Mehr des gleichen. Mehr des gleichen. Mehr des gleichen. Mehr des gleichen. Mehr des gleichen. Mehr des gleichen.
Mehr des gleichen. Mehr des gleichen. Mehr des gleichen. Mehr des gleichen. Mehr des gleichen. Mehr des gleichen. Mehr des gleichen. Mehr des gleichen. Mehr des gleichen. Mehr des gleichen. Mehr des gleichen. Mehr des gleichen. Mehr des gleichen. Mehr des gleichen. Mehr des gleichen.
Mehr des gleichen. Mehr des gleichen.
Mehr des gleichen. Mehr des gleichen.
Mehr des gleichen. Mehr des gleichen.
Mehr des gleichen. Mehr

des gleichen. Mehr des gleichen. Mehr des gleichen. Mehr des gleichen.
Mehr des gleichen. Mehr des gleichen. Mehr des gleichen. Mehr des glei-
chen. Mehr des gleichen. Mehr des gleichen. Mehr des gleichen. Mehr des
gleichen. Mehr des gleichen. Mehr des gleichen. Mehr des gleichen. Mehr
des gleichen. Mehr des gleichen. Mehr des gleichen. Mehr des gleichen.
Mehr des gleichen. Mehr des gleichen. Mehr des gleichen. Mehr des glei-
chen. Mehr des gleichen. Mehr des gleichen. Mehr des gleichen. Mehr des
gleichen. Mehr des gleichen. Mehr des gleichen. Mehr des gleichen. Mehr
des gleichen. Mehr des gleichen. Mehr des gleichen. Mehr des gleichen.
Mehr des gleichen. Mehr des gleichen. Mehr des gleichen. Mehr des glei-
chen. Mehr des gleichen. Mehr des gleichen. Mehr des gleichen. Mehr des
gleichen. Mehr des gleichen. Mehr des gleichen. Mehr des gleichen. Mehr
des gleichen. Mehr des gleichen. Mehr des gleichen. Mehr des gleichen.
Mehr des gleichen. Mehr des gleichen. Mehr des gleichen. Mehr des glei-
chen. Mehr des gleichen. Mehr des gleichen. Mehr des gleichen. Mehr des
gleichen. Mehr des gleichen. Mehr des gleichen. Mehr des gleichen. Mehr
des gleichen. Mehr des gleichen. Mehr des gleichen. Mehr des gleichen.
Mehr des gleichen. Mehr des gleichen. Mehr des gleichen. Mehr des glei-
chen. Mehr des gleichen. Mehr des gleichen. Mehr des gleichen. Mehr des
gleichen. Mehr des gleichen. Mehr des gleichen. Mehr des gleichen. Mehr
des gleichen. Mehr des gleichen. Mehr des gleichen. Mehr des gleichen.
Mehr des gleichen. Mehr des gleichen. Mehr des gleichen. Mehr des gleichen. Mehr des gleichen.
Mehr des gleichen. Mehr des gleichen. Mehr des gleichen. Mehr des glei-
chen. Mehr des gleichen. Mehr des gleichen. Mehr des gleichen. Mehr des
gleichen. Mehr des gleichen. Mehr des gleichen. Mehr des gleichen. Mehr
des gleichen. Mehr des gleichen. Mehr des gleichen. Mehr des gleichen.
Mehr des gleichen. Mehr des gleichen. Mehr des gleichen. Mehr des glei-
chen. Mehr des gleichen. Mehr des gleichen. Mehr des gleichen. Mehr des
gleichen. Mehr des gleichen. Mehr des gleichen. Mehr des gleichen. Mehr
des gleichen. Mehr des gleichen. Mehr des gleichen. Mehr des gleichen.
Mehr des gleichen. Mehr des gleichen. Mehr des gleichen. Mehr des glei-
chen. Mehr des gleichen. Mehr des gleichen. Mehr des gleichen. Mehr des
gleichen. Mehr des gleichen. Mehr des gleichen. Mehr des gleichen. Mehr
des gleichen. Mehr des gleichen.
Mehr des gleichen. Mehr des gleichen. Mehr des gleichen. Mehr des glei-
chen. Mehr des gleichen. Mehr des gleichen. Mehr des gleichen. Mehr des
gleichen. Mehr des gleichen. Mehr des gleichen. Mehr des gleichen. Mehr
des gleichen. Mehr des gleichen. Mehr des gleichen. Mehr des gleichen.

Mehr des gleichen. Mehr des gleichen.
Mehr des gleichen. Mehr des gleichen.
Mehr des gleichen. Mehr des gleichen.

Mehr des gleichen. Mehr des gleichen.

Mehr des gleichen. Mehr des gleichen.

Mehr des gleichen. Mehr des gleichen. Mehr des gleichen. Mehr des gleichen. Mehr des gleichen. Mehr des gleichen. Mehr des gleichen. Mehr des gleichen. Mehr des gleichen. Mehr des gleichen. Mehr des gleichen. Mehr des gleichen. Mehr des gleichen. Mehr des gleichen. Mehr des gleichen. Mehr des gleichen. Mehr des gleichen. Mehr des gleichen. Mehr des gleichen. Mehr des gleichen.

Mehr des gleichen. Mehr des gleichen. Mehr des gleichen. Mehr des gleichen. Mehr des gleichen. Mehr des gleichen. Mehr des gleichen. Mehr des gleichen. Mehr des gleichen. Mehr des gleichen. Mehr des gleichen. Mehr des gleichen. Mehr des gleichen. Mehr des gleichen.

Mehr des gleichen. Mehr des gleichen. Mehr des gleichen. Mehr des gleichen. Mehr des gleichen. Mehr des gleichen. Mehr des gleichen. Mehr des gleichen. Mehr des gleichen. Mehr des gleichen. Mehr des gleichen. Mehr des gleichen. Mehr des gleichen. Mehr des gleichen. Mehr des gleichen. Mehr des gleichen. Mehr des gleichen. Mehr des gleichen. Mehr des gleichen. Mehr des gleichen.

Mehr des gleichen. Mehr des gleichen. Mehr des gleichen. Mehr des gleichen. Mehr des gleichen. Mehr des gleichen. Mehr des gleichen. Mehr des gleichen. Mehr des gleichen. Mehr des gleichen. Mehr des gleichen. Mehr des gleichen. Mehr des gleichen.

Mehr des gleichen. Mehr des gleichen.

Mehr des gleichen. Mehr des gleichen.

Mehr des gleichen. Mehr des gleichen.
Mehr des gleichen. Mehr des gleichen.
Mehr des gleichen. Mehr des gleichen. Mehr des gleichen. Mehr des gleichen. Mehr des gleichen. Mehr des gleichen. Mehr des gleichen. Mehr des gleichen. Mehr des gleichen. Mehr des gleichen. Mehr des gleichen. Mehr des gleichen. Mehr des gleichen. Mehr des gleichen. Mehr des gleichen. Mehr des gleichen. Mehr des gleichen. Mehr des gleichen. Mehr des gleichen. Mehr des glei-

chen. Mehr des gleichen. Mehr des gleichen. Mehr des gleichen. Mehr des gleichen. Mehr des gleichen. Mehr des gleichen. Mehr des gleichen. Mehr des gleichen. Mehr des gleichen. Mehr des gleichen. Mehr des gleichen. Mehr des gleichen. Mehr des gleichen. Mehr des gleichen. Mehr des gleichen. Mehr des gleichen. Mehr des gleichen. Mehr des gleichen.

Mehr des gleichen. Mehr des gleichen. Mehr des gleichen. Mehr des gleichen. Mehr des gleichen. Mehr des gleichen. Mehr des gleichen. Mehr des gleichen. Mehr des gleichen. Mehr des gleichen. Mehr des gleichen. Mehr des gleichen. Mehr des gleichen. Mehr des gleichen. Mehr des gleichen. Mehr des gleichen. Mehr des gleichen. Mehr des gleichen. Mehr des gleichen.

Mehr des gleichen. Mehr des gleichen.

Mehr des gleichen. Mehr des gleichen. Mehr des gleichen. Mehr des glei-
chen. Mehr des gleichen. Mehr des gleichen. Mehr des gleichen. Mehr des
gleichen. Mehr des gleichen. Mehr des gleichen. Mehr des gleichen. Mehr
des gleichen. Mehr des gleichen. Mehr des gleichen. Mehr des gleichen.
Mehr des gleichen. Mehr des gleichen. Mehr des gleichen.
Mehr des gleichen. Mehr des gleichen. Mehr des gleichen. Mehr des glei-
chen. Mehr des gleichen. Mehr des gleichen. Mehr des gleichen. Mehr des
gleichen. Mehr des gleichen. Mehr des gleichen. Mehr des gleichen. Mehr
des gleichen. Mehr des gleichen. Mehr des gleichen. Mehr des gleichen.
Mehr des gleichen. Mehr des gleichen. Mehr des gleichen. Mehr des glei-
chen. Mehr des gleichen. Mehr des gleichen. Mehr des gleichen. Mehr des
gleichen. Mehr des gleichen. Mehr des gleichen. Mehr des gleichen. Mehr
des gleichen. Mehr des gleichen. Mehr des gleichen. Mehr des gleichen.
Mehr des gleichen. Mehr des gleichen. Mehr des gleichen. Mehr des glei-
chen. Mehr des gleichen. Mehr des gleichen. Mehr des gleichen. Mehr des
gleichen. Mehr des gleichen. Mehr des gleichen. Mehr des gleichen. Mehr
des gleichen.
Mehr des gleichen. Mehr des gleichen. Mehr des gleichen. Mehr des glei-
chen. Mehr des gleichen. Mehr des gleichen. Mehr des gleichen. Mehr des
gleichen. Mehr des gleichen. Mehr des gleichen. Mehr des gleichen. Mehr
des gleichen. Mehr des gleichen. Mehr des gleichen. Mehr des gleichen.
Mehr des gleichen. Mehr des gleichen. Mehr des gleichen. Mehr des glei-
chen. Mehr des gleichen. Mehr des gleichen. Mehr des gleichen. Mehr des
gleichen. Mehr des gleichen. Mehr des gleichen. Mehr des gleichen. Mehr
des gleichen. Mehr des gleichen. Mehr des gleichen. Mehr des gleichen.
Mehr des gleichen. Mehr des gleichen. Mehr des gleichen. Mehr des glei-
chen. Mehr des gleichen. Mehr des gleichen. Mehr des gleichen. Mehr des
gleichen. Mehr des gleichen. Mehr des gleichen. Mehr des gleichen. Mehr
des gleichen. Mehr des gleichen. Mehr des gleichen. Mehr des gleichen. Mehr
des gleichen. Mehr des gleichen. Mehr des gleichen. Mehr des gleichen. Mehr
des gleichen. Mehr des gleichen. Mehr des gleichen. Mehr des gleichen.
Mehr des gleichen. Mehr des gleichen. Mehr des gleichen. Mehr des glei-
chen. Mehr des gleichen. Mehr des gleichen. Mehr des gleichen. Mehr des
gleichen. Mehr des gleichen. Mehr des gleichen. Mehr des gleichen. Mehr
des gleichen. Mehr des gleichen. Mehr des gleichen. Mehr des gleichen.
Mehr des gleichen. Mehr des gleichen. Mehr des gleichen. Mehr des glei-
chen. Mehr des gleichen. Mehr des gleichen. Mehr des gleichen. Mehr des
gleichen. Mehr des gleichen. Mehr des gleichen. Mehr des gleichen. Mehr
des gleichen. Mehr des gleichen. Mehr des gleichen. Mehr des gleichen.

Mehr des gleichen. Mehr des gleichen. Mehr des gleichen. Mehr des gleichen. Mehr des gleichen.

Mehr des gleichen. Mehr des gleichen.

Kapitel II

Mehr des gleichen. Mehr des gleichen.
Mehr des gleichen. Mehr

des gleichen. Mehr des gleichen. Mehr des gleichen. Mehr des gleichen.
Mehr des gleichen. Mehr des gleichen. Mehr des gleichen. Mehr des glei-
chen. Mehr des gleichen. Mehr des gleichen. Mehr des gleichen. Mehr des
gleichen. Mehr des gleichen. Mehr des gleichen. Mehr des gleichen. Mehr
des gleichen. Mehr des gleichen. Mehr des gleichen. Mehr des gleichen.
Mehr des gleichen. Mehr des gleichen. Mehr des gleichen. Mehr des glei-
chen. Mehr des gleichen. Mehr des gleichen. Mehr des gleichen. Mehr des
gleichen. Mehr des gleichen. Mehr des gleichen. Mehr des gleichen. Mehr
des gleichen. Mehr des gleichen. Mehr des gleichen. Mehr des gleichen.
Mehr des gleichen. Mehr des gleichen. Mehr des gleichen. Mehr des glei-
chen. Mehr des gleichen. Mehr des gleichen. Mehr des gleichen. Mehr des
gleichen. Mehr des gleichen. Mehr des gleichen. Mehr des gleichen. Mehr
des gleichen. Mehr des gleichen. Mehr des gleichen. Mehr des gleichen.
Mehr des gleichen. Mehr des gleichen. Mehr des gleichen. Mehr des glei-
chen. Mehr des gleichen. Mehr des gleichen. Mehr des gleichen. Mehr des
gleichen. Mehr des gleichen. Mehr des gleichen. Mehr des gleichen. Mehr
des gleichen. Mehr des gleichen. Mehr des gleichen. Mehr des gleichen.
gleichen. Mehr des gleichen. Mehr des gleichen. Mehr des gleichen. Mehr
des gleichen. Mehr des gleichen. Mehr des gleichen. Mehr des gleichen.
Mehr des gleichen. Mehr des gleichen. Mehr des gleichen. Mehr des glei-
chen. Mehr des gleichen. Mehr des gleichen. Mehr des gleichen. Mehr des
gleichen. Mehr des gleichen. Mehr des gleichen. Mehr des gleichen. Mehr
des gleichen. Mehr des gleichen. Mehr des gleichen. Mehr des gleichen.
Mehr des gleichen. Mehr des gleichen. Mehr des gleichen. Mehr des glei-
chen. Mehr des gleichen. Mehr des gleichen. Mehr des gleichen. Mehr des
gleichen. Mehr des gleichen. Mehr des gleichen. Mehr des gleichen. Mehr
des gleichen.
Mehr des gleichen. Mehr des gleichen. Mehr des gleichen. Mehr des glei-
chen. Mehr des gleichen. Mehr des gleichen. Mehr des gleichen. Mehr des
gleichen. Mehr des gleichen. Mehr des gleichen. Mehr des gleichen. Mehr
des gleichen. Mehr des gleichen. Mehr des gleichen. Mehr des gleichen.
Mehr des gleichen. Mehr des gleichen. Mehr des gleichen. Mehr des glei-
chen. Mehr des gleichen. Mehr des gleichen. Mehr des gleichen. Mehr des
gleichen. Mehr des gleichen. Mehr des gleichen. Mehr des gleichen. Mehr
des gleichen. Mehr des gleichen. Mehr des gleichen. Mehr des gleichen.
Mehr des gleichen. Mehr des gleichen. Mehr des gleichen. Mehr des glei-
chen. Mehr des gleichen. Mehr des gleichen. Mehr des gleichen. Mehr des
gleichen. Mehr des gleichen. Mehr des gleichen. Mehr des gleichen. Mehr
des gleichen. Mehr des gleichen. Mehr des gleichen. Mehr des gleichen.
Mehr des gleichen. Mehr des gleichen. Mehr des gleichen. Mehr des glei-
chen. Mehr des gleichen. Mehr des gleichen. Mehr des gleichen. Mehr des

gleichen. Mehr des gleichen.

Mehr des gleichen. Mehr des gleichen. Mehr des gleichen. Mehr des gleichen. Mehr des gleichen. Mehr des gleichen. Mehr des gleichen. Mehr des gleichen. Mehr des gleichen. Mehr des gleichen. Mehr des gleichen. Mehr des gleichen. Mehr des gleichen. Mehr des gleichen. Mehr des gleichen. Mehr des gleichen. Mehr des gleichen. Mehr des gleichen.

Mehr des gleichen. Mehr des gleichen.

Mehr des gleichen. Mehr des gleichen. Mehr des gleichen. Mehr des gleichen. Mehr des gleichen. Mehr des gleichen. Mehr des gleichen. Mehr des gleichen. Mehr des gleichen. Mehr des gleichen. Mehr des gleichen. Mehr des gleichen. Mehr des gleichen. Mehr des gleichen. Mehr des gleichen.

Mehr des gleichen. Mehr des gleichen.

Mehr des gleichen. Mehr des gleichen.

Mehr des gleichen. Mehr des gleichen. Mehr des gleichen. Mehr des gleichen. Mehr des gleichen. Mehr des gleichen. Mehr des gleichen. Mehr des

gleichen. Mehr des gleichen.

Mehr des gleichen. Mehr des gleichen.

Mehr des gleichen. Mehr des glei-

chen. Mehr des gleichen. Mehr des gleichen. Mehr des gleichen. Mehr des gleichen. Mehr des gleichen. Mehr des gleichen. Mehr des gleichen. Mehr des gleichen. Mehr des gleichen. Mehr des gleichen. Mehr des gleichen. Mehr des gleichen. Mehr des gleichen. Mehr des gleichen. Mehr des glei-chen. Mehr des gleichen. Mehr des gleichen. Mehr des gleichen. Mehr des gleichen. Mehr des gleichen. Mehr des gleichen. Mehr des gleichen. Mehr des gleichen. Mehr des gleichen. Mehr des gleichen. Mehr des gleichen. Mehr des gleichen. Mehr des gleichen. Mehr des gleichen. Mehr des glei-chen. Mehr des gleichen. Mehr des gleichen. Mehr des gleichen. Mehr des gleichen. Mehr des gleichen. Mehr des gleichen.

Mehr des gleichen. Mehr des gleichen. Mehr des gleichen. Mehr des glei-chen. Mehr des gleichen. Mehr des gleichen. Mehr des gleichen. Mehr des gleichen. Mehr des gleichen. Mehr des gleichen. Mehr des gleichen. Mehr des gleichen. Mehr des gleichen. Mehr des gleichen. Mehr des gleichen. Mehr des gleichen. Mehr des gleichen. Mehr des gleichen. Mehr des glei-chen. Mehr des gleichen. Mehr des gleichen. Mehr des gleichen. Mehr des gleichen. Mehr des gleichen. Mehr des gleichen. Mehr des gleichen. Mehr des gleichen. Mehr des gleichen. Mehr des gleichen. Mehr des gleichen. Mehr des gleichen. Mehr des gleichen. Mehr des gleichen. Mehr des glei-chen. Mehr des gleichen. Mehr des gleichen. Mehr des gleichen. Mehr des gleichen. Mehr des gleichen. Mehr des gleichen. Mehr des gleichen. Mehr des gleichen. Mehr des gleichen.

Mehr des gleichen. Mehr des gleichen. Mehr des gleichen. Mehr des glei-chen. Mehr des gleichen. Mehr des gleichen. Mehr des gleichen. Mehr des gleichen. Mehr des gleichen. Mehr des gleichen. Mehr des gleichen. Mehr des gleichen. Mehr des gleichen. Mehr des gleichen. Mehr des gleichen. Mehr des gleichen. Mehr des gleichen. Mehr des gleichen. Mehr des glei-chen. Mehr des gleichen. Mehr des gleichen. Mehr des gleichen. Mehr des gleichen. Mehr des gleichen. Mehr des gleichen. Mehr des gleichen. Mehr des gleichen. Mehr des gleichen. Mehr des gleichen. Mehr des gleichen. Mehr des gleichen. Mehr des gleichen. Mehr des gleichen. Mehr des glei-chen. Mehr des gleichen. Mehr des gleichen. Mehr des gleichen. Mehr des gleichen. Mehr des gleichen.

Mehr des gleichen. Mehr des gleichen. Mehr des gleichen. Mehr des glei-chen. Mehr des gleichen. Mehr des gleichen. Mehr des gleichen. Mehr des

gleichen. Mehr des gleichen.

Mehr des gleichen. Mehr des gleichen.

Mehr des gleichen. Mehr des gleichen. Mehr des gleichen. Mehr des gleichen. Mehr des gleichen. Mehr des gleichen. Mehr des gleichen. Mehr des gleichen. Mehr des gleichen. Mehr des gleichen. Mehr des gleichen. Mehr des gleichen. Mehr des gleichen.

Mehr des gleichen. Mehr des gleichen.

Mehr des gleichen. Mehr des

gleichen. Mehr des gleichen. Mehr des gleichen. Mehr des gleichen. Mehr
des gleichen. Mehr des gleichen. Mehr des gleichen. Mehr des gleichen.
Mehr des gleichen. Mehr des gleichen. Mehr des gleichen. Mehr des glei-
chen. Mehr des gleichen. Mehr des gleichen. Mehr des gleichen. Mehr des
gleichen. Mehr des gleichen. Mehr des gleichen. Mehr des gleichen. Mehr
des gleichen. Mehr des gleichen. Mehr des gleichen. Mehr des gleichen.
Mehr des gleichen. Mehr des gleichen. Mehr des gleichen. Mehr des glei-
chen. Mehr des gleichen. Mehr des gleichen. Mehr des gleichen. Mehr des
gleichen. Mehr des gleichen. Mehr des gleichen. Mehr des gleichen. Mehr
des gleichen. Mehr des gleichen. Mehr des gleichen. Mehr des gleichen.
Mehr des gleichen. Mehr des gleichen. Mehr des gleichen. Mehr des glei-
chen. Mehr des gleichen. Mehr des gleichen. Mehr des gleichen. Mehr des
gleichen. Mehr des gleichen. Mehr des gleichen. Mehr des gleichen. Mehr
des gleichen. Mehr des gleichen. Mehr des gleichen. Mehr des gleichen.
Mehr des gleichen. Mehr des gleichen. Mehr des gleichen. Mehr des glei-
chen. Mehr des gleichen. Mehr des gleichen. Mehr des gleichen. Mehr des
gleichen. Mehr des gleichen. Mehr des gleichen. Mehr des gleichen. Mehr
des gleichen. Mehr des gleichen. Mehr des gleichen. Mehr des gleichen.
Mehr des gleichen. Mehr des gleichen. Mehr des gleichen. Mehr des glei-
chen. Mehr des gleichen. Mehr des gleichen. Mehr des gleichen. Mehr des
gleichen. Mehr des gleichen. Mehr des gleichen.
Mehr des gleichen. Mehr des gleichen. Mehr des gleichen. Mehr des glei-
chen. Mehr des gleichen. Mehr des gleichen. Mehr des gleichen. Mehr des
gleichen. Mehr des gleichen. Mehr des gleichen. Mehr des gleichen. Mehr
des gleichen. Mehr des gleichen. Mehr des gleichen. Mehr des gleichen.
Mehr des gleichen. Mehr des gleichen. Mehr des gleichen. Mehr des glei-
chen. Mehr des gleichen. Mehr des gleichen. Mehr des gleichen. Mehr des
gleichen. Mehr des gleichen. Mehr des gleichen. Mehr des gleichen. Mehr
des gleichen. Mehr des gleichen. Mehr des gleichen. Mehr des gleichen.
Mehr des gleichen. Mehr des gleichen. Mehr des gleichen. Mehr des glei-
chen. Mehr des gleichen. Mehr des gleichen. Mehr des gleichen. Mehr des
gleichen. Mehr des gleichen. Mehr des gleichen. Mehr des gleichen. Mehr
des gleichen. Mehr des gleichen. Mehr des gleichen. Mehr des gleichen.
Mehr des gleichen. Mehr des gleichen. Mehr des gleichen. Mehr des glei-
chen. Mehr des gleichen. Mehr des gleichen. Mehr des gleichen. Mehr des
gleichen. Mehr des gleichen.
Mehr des gleichen. Mehr des gleichen. Mehr des gleichen. Mehr des glei-
chen. Mehr des gleichen. Mehr des gleichen. Mehr des gleichen. Mehr des
gleichen. Mehr des gleichen. Mehr des gleichen. Mehr des gleichen. Mehr

des gleichen. Mehr des gleichen.

Mehr des gleichen. Mehr des gleichen. Mehr des gleichen. Mehr des gleichen. Mehr des gleichen. Mehr des gleichen. Mehr des gleichen. Mehr des gleichen. Mehr des gleichen. Mehr des gleichen. Mehr des gleichen. Mehr des gleichen. Mehr des gleichen. Mehr des gleichen. Mehr des gleichen. Mehr des gleichen. Mehr des gleichen. Mehr des gleichen. Mehr des gleichen. Mehr des gleichen.

Mehr des gleichen. Mehr des gleichen.

Mehr des gleichen. Mehr

des gleichen. Mehr des gleichen. Mehr des gleichen. Mehr des gleichen. Mehr des gleichen. Mehr des gleichen.

Mehr des gleichen. Mehr des gleichen.

Mehr des gleichen. Mehr des gleichen.

Mehr des gleichen. Mehr des gleichen.

Mehr des gleichen. Mehr des

gleichen. Mehr des gleichen. Mehr des gleichen. Mehr des gleichen. Mehr des gleichen.

Mehr des gleichen. Mehr des gleichen. Mehr des gleichen. Mehr des gleichen. Mehr des gleichen. Mehr des gleichen. Mehr des gleichen. Mehr des gleichen. Mehr des gleichen. Mehr des gleichen. Mehr des gleichen. Mehr des gleichen. Mehr des gleichen.

Mehr des gleichen. Mehr des gleichen.

Mehr des gleichen. Mehr des glei-

chen. Mehr des gleichen. Mehr des gleichen. Mehr des gleichen. Mehr des gleichen. Mehr des gleichen. Mehr des gleichen. Mehr des gleichen.

Mehr des gleichen. Mehr des gleichen.

Mehr des gleichen. Mehr des gleichen.

Mehr des gleichen. Mehr des gleichen. Mehr des gleichen. Mehr des gleichen. Mehr des gleichen. Mehr des gleichen. Mehr des gleichen. Mehr des gleichen. Mehr des gleichen. Mehr des gleichen. Mehr des gleichen. Mehr des gleichen. Mehr des gleichen. Mehr des gleichen. Mehr des gleichen. Mehr des gleichen. Mehr des gleichen. Mehr des

gleichen. Mehr des gleichen.

Mehr des gleichen. Mehr des gleichen.

Mehr des gleichen. Mehr des gleichen.

Mehr des gleichen. Mehr des

gleichen. Mehr des gleichen. Mehr des gleichen. Mehr des gleichen. Mehr
des gleichen. Mehr des gleichen. Mehr des gleichen. Mehr des gleichen.
Mehr des gleichen. Mehr des gleichen. Mehr des gleichen. Mehr des glei-
chen. Mehr des gleichen. Mehr des gleichen. Mehr des gleichen. Mehr des
gleichen. Mehr des gleichen. Mehr des gleichen. Mehr des gleichen. Mehr
des gleichen. Mehr des gleichen. Mehr des gleichen. Mehr des gleichen.
Mehr des gleichen. Mehr des gleichen. Mehr des gleichen. Mehr des glei-
chen. Mehr des gleichen. Mehr des gleichen. Mehr des gleichen. Mehr des
gleichen. Mehr des gleichen. Mehr des gleichen. Mehr des gleichen. Mehr
des gleichen. Mehr des gleichen. Mehr des gleichen. Mehr des gleichen.
Mehr des gleichen. Mehr des gleichen. Mehr des gleichen. Mehr des glei-
chen. Mehr des gleichen. Mehr des gleichen. Mehr des gleichen. Mehr des
gleichen. Mehr des gleichen. Mehr des gleichen. Mehr des gleichen. Mehr
des gleichen. Mehr des gleichen. Mehr des gleichen. Mehr des gleichen.
Mehr des gleichen. Mehr des gleichen. Mehr des gleichen. Mehr des glei-
chen. Mehr des gleichen. Mehr des gleichen. Mehr des gleichen. Mehr des
gleichen. Mehr des gleichen. Mehr des gleichen. Mehr des gleichen. Mehr
des gleichen. Mehr des gleichen. Mehr des gleichen. Mehr des gleichen.
Mehr des gleichen. Mehr des gleichen. Mehr des gleichen.

Mehr des gleichen. Mehr des gleichen. Mehr des gleichen. Mehr des glei-
chen. Mehr des gleichen. Mehr des gleichen. Mehr des gleichen. Mehr des
gleichen. Mehr des gleichen. Mehr des gleichen. Mehr des gleichen. Mehr
des gleichen. Mehr des gleichen. Mehr des gleichen. Mehr des gleichen.
Mehr des gleichen. Mehr des gleichen. Mehr des gleichen. Mehr des glei-
chen. Mehr des gleichen. Mehr des gleichen. Mehr des gleichen. Mehr des
gleichen. Mehr des gleichen. Mehr des gleichen. Mehr des gleichen. Mehr
des gleichen. Mehr des gleichen. Mehr des gleichen. Mehr des gleichen.
Mehr des gleichen. Mehr des gleichen. Mehr des gleichen. Mehr des glei-
chen. Mehr des gleichen. Mehr des gleichen. Mehr des gleichen. Mehr des
gleichen. Mehr des gleichen. Mehr des gleichen. Mehr des gleichen. Mehr
des gleichen.

Mehr des gleichen. Mehr des gleichen. Mehr des gleichen. Mehr des glei-
chen. Mehr des gleichen. Mehr des gleichen. Mehr des gleichen. Mehr des
gleichen. Mehr des gleichen. Mehr des gleichen. Mehr des gleichen. Mehr
des gleichen. Mehr des gleichen. Mehr des gleichen. Mehr des gleichen.
Mehr des gleichen. Mehr des gleichen. Mehr des gleichen. Mehr des glei-
chen. Mehr des gleichen. Mehr des gleichen. Mehr des gleichen. Mehr des
gleichen. Mehr des gleichen. Mehr des gleichen. Mehr des gleichen. Mehr
des gleichen. Mehr des gleichen. Mehr des gleichen. Mehr des gleichen.

Mehr des gleichen. Mehr des gleichen.
Mehr des gleichen. Mehr des gleichen.
Mehr des gleichen. Mehr des gleichen.
Mehr des gleichen. Mehr des gleichen.

Mehr des gleichen. Mehr des gleichen.

Mehr des gleichen. Mehr des gleichen.

Mehr des gleichen. Mehr des

gleichen. Mehr des gleichen. Mehr des gleichen. Mehr des gleichen. Mehr des gleichen. Mehr des gleichen. Mehr des gleichen. Mehr des gleichen. Mehr des gleichen. Mehr des gleichen. Mehr des gleichen. Mehr des gleichen. Mehr des gleichen. Mehr des gleichen. Mehr des gleichen. Mehr des gleichen. Mehr des gleichen.

Mehr des gleichen. Mehr des gleichen.

Kapitel III

Mehr des gleichen. Mehr des gleichen.

Mehr des gleichen. Mehr

des gleichen. Mehr des gleichen. Mehr des gleichen. Mehr des gleichen.
Mehr des gleichen. Mehr des gleichen. Mehr des gleichen. Mehr des glei-
chen. Mehr des gleichen. Mehr des gleichen. Mehr des gleichen. Mehr des
gleichen. Mehr des gleichen. Mehr des gleichen. Mehr des gleichen. Mehr
des gleichen. Mehr des gleichen. Mehr des gleichen. Mehr des gleichen.
Mehr des gleichen. Mehr des gleichen. Mehr des gleichen. Mehr des glei-
chen. Mehr des gleichen. Mehr des gleichen. Mehr des gleichen. Mehr des
gleichen. Mehr des gleichen. Mehr des gleichen. Mehr des gleichen. Mehr
des gleichen. Mehr des gleichen. Mehr des gleichen.
Mehr des gleichen. Mehr des gleichen. Mehr des gleichen. Mehr des glei-
chen. Mehr des gleichen. Mehr des gleichen. Mehr des gleichen. Mehr des
gleichen. Mehr des gleichen. Mehr des gleichen. Mehr des gleichen. Mehr
des gleichen. Mehr des gleichen. Mehr des gleichen. Mehr des gleichen.
Mehr des gleichen. Mehr des gleichen. Mehr des gleichen. Mehr des glei-
chen. Mehr des gleichen. Mehr des gleichen. Mehr des gleichen. Mehr des
gleichen. Mehr des gleichen. Mehr des gleichen. Mehr des gleichen. Mehr
des gleichen. Mehr des gleichen. Mehr des gleichen. Mehr des gleichen.
Mehr des gleichen. Mehr des gleichen. Mehr des gleichen. Mehr des glei-
chen. Mehr des gleichen. Mehr des gleichen. Mehr des gleichen. Mehr des
gleichen. Mehr des gleichen.
Mehr des gleichen. Mehr des gleichen. Mehr des gleichen. Mehr des glei-
chen. Mehr des gleichen. Mehr des gleichen. Mehr des gleichen. Mehr des
gleichen. Mehr des gleichen. Mehr des gleichen. Mehr des gleichen. Mehr
des gleichen. Mehr des gleichen. Mehr des gleichen. Mehr des gleichen.
Mehr des gleichen. Mehr des gleichen. Mehr des gleichen. Mehr des glei-
chen. Mehr des gleichen. Mehr des gleichen. Mehr des gleichen. Mehr des
gleichen. Mehr des gleichen. Mehr des gleichen. Mehr des gleichen. Mehr
des gleichen. Mehr des gleichen. Mehr des gleichen. Mehr des gleichen.
Mehr des gleichen. Mehr des gleichen. Mehr des gleichen. Mehr des glei-
chen. Mehr des gleichen. Mehr des gleichen. Mehr des gleichen. Mehr des
gleichen. Mehr des gleichen. Mehr des gleichen. Mehr des gleichen. Mehr
des gleichen. Mehr des gleichen. Mehr des gleichen. Mehr des gleichen.
Mehr des gleichen. Mehr des gleichen. Mehr des gleichen. Mehr des glei-
chen. Mehr des gleichen. Mehr des gleichen. Mehr des gleichen. Mehr des
gleichen. Mehr des gleichen. Mehr des gleichen. Mehr des gleichen. Mehr

des gleichen. Mehr des gleichen.

Mehr des gleichen. Mehr des gleichen.

Mehr des gleichen. Mehr des gleichen.

Mehr des gleichen. Mehr des gleichen. Mehr des gleichen. Mehr des gleichen. Mehr des gleichen. Mehr des gleichen. Mehr des gleichen. Mehr des gleichen. Mehr des gleichen. Mehr des gleichen. Mehr des gleichen. Mehr des gleichen. Mehr des gleichen. Mehr des gleichen. Mehr des gleichen. Mehr des gleichen.

Mehr des gleichen. Mehr des gleichen.

Mehr des gleichen. Mehr des gleichen.

Mehr des gleichen. Mehr des gleichen.

Mehr des gleichen. Mehr des gleichen. Mehr des gleichen. Mehr des gleichen. Mehr des gleichen.

Mehr des gleichen. Mehr des gleichen.

Mehr des gleichen. Mehr des gleichen.

Mehr des gleichen. Mehr des glei-

chen. Mehr des gleichen.

Mehr des gleichen. Mehr des gleichen.

Mehr des gleichen. Mehr des gleichen.

Mehr des gleichen. Mehr des gleichen. Mehr des gleichen. Mehr des gleichen. Mehr des gleichen. Mehr des gleichen. Mehr des gleichen. Mehr des gleichen. Mehr des gleichen. Mehr des gleichen. Mehr des gleichen. Mehr des gleichen. Mehr

des gleichen. Mehr des gleichen. Mehr des gleichen. Mehr des gleichen.
Mehr des gleichen. Mehr des gleichen. Mehr des gleichen. Mehr des glei-
chen. Mehr des gleichen. Mehr des gleichen. Mehr des gleichen. Mehr des
gleichen. Mehr des gleichen. Mehr des gleichen. Mehr des gleichen. Mehr
des gleichen. Mehr des gleichen. Mehr des gleichen. Mehr des gleichen.
Mehr des gleichen. Mehr des gleichen. Mehr des gleichen. Mehr des glei-
chen. Mehr des gleichen. Mehr des gleichen. Mehr des gleichen. Mehr des
gleichen. Mehr des gleichen. Mehr des gleichen. Mehr des gleichen. Mehr
des gleichen.

Mehr des gleichen. Mehr des gleichen. Mehr des gleichen. Mehr des glei-
chen. Mehr des gleichen. Mehr des gleichen. Mehr des gleichen. Mehr des
gleichen. Mehr des gleichen. Mehr des gleichen. Mehr des gleichen. Mehr
des gleichen. Mehr des gleichen. Mehr des gleichen. Mehr des gleichen.
Mehr des gleichen. Mehr des gleichen. Mehr des gleichen. Mehr des glei-
chen. Mehr des gleichen. Mehr des gleichen. Mehr des gleichen. Mehr des
gleichen. Mehr des gleichen. Mehr des gleichen. Mehr des gleichen. Mehr
des gleichen. Mehr des gleichen. Mehr des gleichen. Mehr des gleichen.
Mehr des gleichen. Mehr des gleichen. Mehr des gleichen. Mehr des glei-
chen. Mehr des gleichen. Mehr des gleichen. Mehr des gleichen. Mehr des
gleichen. Mehr des gleichen. Mehr des gleichen.

Mehr des gleichen. Mehr des gleichen. Mehr des gleichen. Mehr des glei-
chen. Mehr des gleichen. Mehr des gleichen. Mehr des gleichen. Mehr des
gleichen. Mehr des gleichen. Mehr des gleichen. Mehr des gleichen. Mehr
des gleichen. Mehr des gleichen.

Mehr des gleichen. Mehr des gleichen. Mehr des gleichen. Mehr des glei-
chen. Mehr des gleichen. Mehr des gleichen. Mehr des gleichen. Mehr des
gleichen. Mehr des gleichen. Mehr des gleichen. Mehr des gleichen. Mehr
des gleichen. Mehr des gleichen. Mehr des gleichen. Mehr des gleichen.
Mehr des gleichen. Mehr des gleichen. Mehr des gleichen. Mehr des glei-
chen. Mehr des gleichen. Mehr des gleichen. Mehr des gleichen. Mehr des
gleichen. Mehr des gleichen. Mehr des gleichen. Mehr des gleichen. Mehr
des gleichen. Mehr des gleichen. Mehr des gleichen. Mehr des gleichen.
Mehr des gleichen. Mehr des gleichen.

Mehr des gleichen. Mehr des gleichen. Mehr des gleichen. Mehr des glei-
chen. Mehr des gleichen. Mehr des gleichen. Mehr des gleichen. Mehr des
gleichen. Mehr des gleichen. Mehr des gleichen. Mehr des gleichen. Mehr
des gleichen. Mehr des gleichen. Mehr des gleichen. Mehr des gleichen.
Mehr des gleichen. Mehr des gleichen. Mehr des gleichen. Mehr des glei-
chen. Mehr des gleichen. Mehr des gleichen. Mehr des gleichen. Mehr des

gleichen. Mehr des gleichen.
Mehr des gleichen. Mehr des gleichen.
Mehr des gleichen. Mehr des gleichen. Mehr des gleichen. Mehr des gleichen. Mehr des gleichen. Mehr des gleichen. Mehr des gleichen. Mehr des gleichen. Mehr des gleichen. Mehr des gleichen. Mehr des gleichen. Mehr

des gleichen. Mehr des gleichen.

Mehr des gleichen. Mehr des gleichen. Mehr des gleichen. Mehr des gleichen. Mehr des gleichen. Mehr des gleichen. Mehr des gleichen. Mehr des gleichen. Mehr des gleichen. Mehr des gleichen. Mehr des gleichen. Mehr des gleichen. Mehr des gleichen. Mehr des gleichen. Mehr des gleichen. Mehr des gleichen. Mehr des gleichen. Mehr des gleichen. Mehr des gleichen. Mehr des gleichen.

Mehr des gleichen. Mehr des gleichen.

Mehr des gleichen. Mehr des gleichen. Mehr des gleichen. Mehr des gleichen. Mehr des gleichen. Mehr des gleichen. Mehr des gleichen. Mehr des

gleichen. Mehr des gleichen. Mehr des gleichen. Mehr des gleichen. Mehr des gleichen. Mehr des gleichen. Mehr des gleichen. Mehr des gleichen. Mehr des gleichen. Mehr des gleichen. Mehr des gleichen. Mehr des gleichen. Mehr des gleichen. Mehr des gleichen. Mehr des gleichen. Mehr des gleichen. Mehr des gleichen. Mehr des gleichen.

Mehr des gleichen. Mehr des gleichen.

Mehr des gleichen. Mehr des gleichen.

Mehr des gleichen. Mehr des gleichen. Mehr des gleichen. Mehr des gleichen. Mehr des gleichen. Mehr des gleichen. Mehr des gleichen. Mehr des gleichen. Mehr des gleichen. Mehr des gleichen. Mehr des gleichen. Mehr des gleichen. Mehr des gleichen.

Mehr des gleichen. Mehr des gleichen.

Mehr des gleichen. Mehr des gleichen.

Mehr des gleichen. Mehr des gleichen.

Mehr des gleichen. Mehr des gleichen. Mehr des gleichen. Mehr des glei-
chen. Mehr des gleichen. Mehr des gleichen. Mehr des gleichen. Mehr des
gleichen. Mehr des gleichen. Mehr des gleichen. Mehr des gleichen. Mehr
des gleichen. Mehr des gleichen. Mehr des gleichen. Mehr des gleichen.
Mehr des gleichen. Mehr des gleichen. Mehr des gleichen. Mehr des glei-
chen. Mehr des gleichen. Mehr des gleichen. Mehr des gleichen. Mehr des
gleichen. Mehr des gleichen. Mehr des gleichen. Mehr des gleichen. Mehr
des gleichen. Mehr des gleichen. Mehr des gleichen. Mehr des gleichen.
Mehr des gleichen. Mehr des gleichen. Mehr des gleichen. Mehr des glei-
chen. Mehr des gleichen. Mehr des gleichen. Mehr des gleichen. Mehr des
gleichen. Mehr des gleichen. Mehr des gleichen. Mehr des gleichen. Mehr
des gleichen. Mehr des gleichen. Mehr des gleichen. Mehr des gleichen.
Mehr des gleichen. Mehr des gleichen. Mehr des gleichen. Mehr des glei-
chen. Mehr des gleichen. Mehr des gleichen. Mehr des gleichen. Mehr des
gleichen. Mehr des gleichen. Mehr des gleichen. Mehr des gleichen. Mehr
des gleichen. Mehr des gleichen. Mehr des gleichen.
Mehr des gleichen. Mehr des gleichen. Mehr des gleichen. Mehr des glei-
chen. Mehr des gleichen. Mehr des gleichen. Mehr des gleichen. Mehr des
gleichen. Mehr des gleichen. Mehr des gleichen. Mehr des gleichen. Mehr
des gleichen. Mehr des gleichen. Mehr des gleichen. Mehr des gleichen.
Mehr des gleichen. Mehr des gleichen. Mehr des gleichen. Mehr des glei-
chen. Mehr des gleichen. Mehr des gleichen. Mehr des gleichen. Mehr des
gleichen. Mehr des gleichen. Mehr des gleichen. Mehr des gleichen. Mehr
des gleichen. Mehr des gleichen. Mehr des gleichen. Mehr des gleichen.
Mehr des gleichen. Mehr des gleichen. Mehr des gleichen. Mehr des glei-
chen. Mehr des gleichen. Mehr des gleichen. Mehr des gleichen. Mehr des
gleichen. Mehr des gleichen. Mehr des gleichen. Mehr des gleichen. Mehr
des gleichen. Mehr des gleichen. Mehr des gleichen. Mehr des gleichen.
Mehr des gleichen. Mehr des gleichen.
Mehr des gleichen. Mehr des gleichen. Mehr des gleichen. Mehr des glei-
chen. Mehr des gleichen. Mehr des gleichen. Mehr des gleichen. Mehr des
gleichen. Mehr des gleichen. Mehr des gleichen. Mehr des gleichen. Mehr
des gleichen. Mehr des gleichen. Mehr des gleichen. Mehr des gleichen.
Mehr des gleichen. Mehr des gleichen. Mehr des gleichen. Mehr des gleichen. Mehr des gleichen.
Mehr des gleichen. Mehr des gleichen. Mehr des gleichen. Mehr des glei-
chen. Mehr des gleichen. Mehr des gleichen. Mehr des gleichen. Mehr des
gleichen. Mehr des gleichen. Mehr des gleichen. Mehr des gleichen. Mehr
des gleichen. Mehr des gleichen. Mehr des gleichen. Mehr des gleichen. Mehr

des gleichen. Mehr des gleichen. Mehr des gleichen. Mehr des gleichen. Mehr des gleichen. Mehr des gleichen.

Mehr des gleichen. Mehr des gleichen.

Mehr des gleichen. Mehr des gleichen.

Mehr des gleichen. Mehr des gleichen. Mehr des gleichen. Mehr des gleichen. Mehr des gleichen. Mehr des gleichen. Mehr des gleichen. Mehr des

gleichen. Mehr des gleichen.

Mehr des gleichen. Mehr des gleichen.

Mehr des gleichen. Mehr des

gleichen. Mehr des gleichen. Mehr des gleichen. Mehr des gleichen. Mehr des gleichen. Mehr des gleichen. Mehr des gleichen. Mehr des gleichen. Mehr des gleichen. Mehr des gleichen. Mehr des gleichen. Mehr des gleichen. Mehr des gleichen. Mehr des gleichen. Mehr des gleichen. Mehr des gleichen. Mehr des gleichen.

Mehr des gleichen. Mehr des gleichen.

Mehr des gleichen. Mehr des gleichen.

Mehr des gleichen. Mehr des

gleichen. Mehr des gleichen.

Mehr des gleichen. Mehr des gleichen.

Mehr des gleichen. Mehr

des gleichen. Mehr des gleichen. Mehr des gleichen. Mehr des gleichen. Mehr des gleichen. Mehr des gleichen. Mehr des gleichen. Mehr des gleichen.

Mehr des gleichen. Mehr des gleichen.

Mehr des gleichen. Mehr des gleichen. Mehr des gleichen. Mehr des gleichen. Mehr des gleichen. Mehr des gleichen. Mehr des gleichen.

Mehr des gleichen. Mehr des gleichen.

Kapitel IV

Mehr des gleichen. Mehr des gleichen. Mehr des gleichen. Mehr des gleichen. Mehr des gleichen. Mehr des gleichen. Mehr des gleichen. Mehr des gleichen. Mehr des gleichen. Mehr des gleichen. Mehr des gleichen. Mehr des gleichen. Mehr des gleichen. Mehr des gleichen. Mehr des gleichen. Mehr des gleichen. Mehr des gleichen. Mehr des gleichen. Mehr des gleichen.

Mehr des gleichen. Mehr des glei-

chen. Mehr des gleichen.

Mehr des gleichen. Mehr des gleichen.

Mehr des gleichen. Mehr des

gleichen. Mehr des gleichen.

Mehr des gleichen. Mehr des gleichen.

Mehr des gleichen. Mehr des gleichen.

Mehr des gleichen. Mehr

des gleichen. Mehr des gleichen.

Mehr des gleichen. Mehr des gleichen.

Mehr des gleichen. Mehr des gleichen.

Mehr des gleichen. Mehr des gleichen. Mehr des gleichen. Mehr des gleichen. Mehr des gleichen. Mehr des gleichen. Mehr des

gleichen. Mehr des gleichen.
Mehr des gleichen. Mehr des gleichen.
Mehr des gleichen. Mehr des glei-

chen. Mehr des gleichen.

Mehr des gleichen. Mehr des gleichen.

Mehr des gleichen. Mehr des gleichen.

Mehr des gleichen. Mehr des glei-

chen. Mehr des gleichen. Mehr des gleichen. Mehr des gleichen. Mehr des gleichen. Mehr des gleichen. Mehr des gleichen. Mehr des gleichen. Mehr des gleichen.

Mehr des gleichen. Mehr des gleichen.

Mehr des gleichen. Mehr des gleichen. Mehr des gleichen. Mehr des gleichen. Mehr des gleichen. Mehr des gleichen. Mehr des gleichen. Mehr des gleichen. Mehr des gleichen. Mehr des gleichen. Mehr des gleichen. Mehr des gleichen.

Mehr des gleichen. Mehr des gleichen.

Mehr des gleichen. Mehr des gleichen.

Mehr des gleichen. Mehr des gleichen.
Mehr des gleichen. Mehr des gleichen.
Mehr des gleichen. Mehr des gleichen.

Mehr des gleichen. Mehr des gleichen. Mehr des gleichen. Mehr des gleichen. Mehr des gleichen.

Mehr des gleichen. Mehr des gleichen.

Mehr des gleichen. Mehr des gleichen. Mehr des gleichen. Mehr des gleichen. Mehr des gleichen. Mehr des gleichen. Mehr des gleichen. Mehr des gleichen. Mehr des gleichen. Mehr des gleichen. Mehr des gleichen. Mehr des gleichen. Mehr des gleichen. Mehr des gleichen. Mehr des gleichen. Mehr des gleichen.

Mehr des gleichen. Mehr des gleichen.

Mehr des gleichen. Mehr des gleichen.

Mehr des gleichen. Mehr des gleichen.

Mehr des gleichen. Mehr des gleichen. Mehr des gleichen. Mehr des gleichen. Mehr des gleichen. Mehr des gleichen. Mehr des gleichen. Mehr des

gleichen. Mehr des gleichen.
Mehr des gleichen. Mehr des gleichen.
Mehr des gleichen. Mehr des

gleichen. Mehr des gleichen. Mehr des gleichen. Mehr des gleichen. Mehr
des gleichen. Mehr des gleichen. Mehr des gleichen. Mehr des gleichen. Mehr
des gleichen. Mehr des gleichen. Mehr des gleichen. Mehr des gleichen. Mehr
des gleichen. Mehr des gleichen. Mehr des gleichen. Mehr des gleichen.
Mehr des gleichen. Mehr des gleichen. Mehr des gleichen. Mehr des glei-
chen. Mehr des gleichen. Mehr des gleichen. Mehr des gleichen. Mehr des
gleichen. Mehr des gleichen. Mehr des gleichen. Mehr des gleichen. Mehr
des gleichen. Mehr des gleichen. Mehr des gleichen. Mehr des gleichen.
Mehr des gleichen. Mehr des gleichen. Mehr des gleichen. Mehr des glei-
chen. Mehr des gleichen. Mehr des gleichen. Mehr des gleichen. Mehr des
gleichen. Mehr des gleichen. Mehr des gleichen. Mehr des gleichen. Mehr
des gleichen. Mehr des gleichen. Mehr des gleichen. Mehr des gleichen.
Mehr des gleichen. Mehr des gleichen. Mehr des gleichen. Mehr des glei-
chen. Mehr des gleichen. Mehr des gleichen. Mehr des gleichen. Mehr des
gleichen. Mehr des gleichen. Mehr des gleichen. Mehr des gleichen. Mehr
des gleichen. Mehr des gleichen. Mehr des gleichen. Mehr des gleichen.
Mehr des gleichen. Mehr des gleichen.
Mehr des gleichen. Mehr des gleichen. Mehr des gleichen. Mehr des glei-
chen. Mehr des gleichen. Mehr des gleichen. Mehr des gleichen. Mehr des
gleichen. Mehr des gleichen. Mehr des gleichen. Mehr des gleichen. Mehr
des gleichen. Mehr des gleichen. Mehr des gleichen. Mehr des gleichen.
Mehr des gleichen. Mehr des gleichen. Mehr des gleichen. Mehr des glei-
chen. Mehr des gleichen. Mehr des gleichen. Mehr des gleichen. Mehr des
gleichen. Mehr des gleichen. Mehr des gleichen. Mehr des gleichen. Mehr
des gleichen. Mehr des gleichen. Mehr des gleichen. Mehr des gleichen.
Mehr des gleichen. Mehr des gleichen. Mehr des gleichen. Mehr des glei-
chen. Mehr des gleichen. Mehr des gleichen. Mehr des gleichen. Mehr des
gleichen. Mehr des gleichen. Mehr des gleichen. Mehr des gleichen. Mehr
des gleichen. Mehr des gleichen. Mehr des gleichen. Mehr des gleichen.
Mehr des gleichen. Mehr des gleichen. Mehr des gleichen. Mehr des glei-
chen. Mehr des gleichen. Mehr des gleichen. Mehr des gleichen. Mehr des
gleichen. Mehr des gleichen. Mehr des gleichen. Mehr des gleichen. Mehr
des gleichen. Mehr des gleichen. Mehr des gleichen. Mehr des gleichen.
Mehr des gleichen. Mehr des gleichen. Mehr des gleichen. Mehr des glei-
chen. Mehr des gleichen. Mehr des gleichen. Mehr des gleichen. Mehr des
gleichen. Mehr des gleichen. Mehr des gleichen. Mehr des gleichen. Mehr
des gleichen. Mehr des gleichen. Mehr des gleichen. Mehr des gleichen.
Mehr des gleichen. Mehr des gleichen. Mehr des gleichen. Mehr des glei-
chen. Mehr des gleichen. Mehr des gleichen. Mehr des gleichen. Mehr des

gleichen. Mehr des gleichen. Mehr des gleichen. Mehr des gleichen. Mehr des gleichen. Mehr des gleichen. Mehr des gleichen. Mehr des gleichen. Mehr des gleichen. Mehr des gleichen. Mehr des gleichen. Mehr des gleichen. Mehr des glei- chen. Mehr des gleichen. Mehr des gleichen. Mehr des gleichen. Mehr des gleichen. Mehr des gleichen. Mehr des gleichen. Mehr des gleichen. Mehr des gleichen. Mehr des gleichen. Mehr des gleichen.

Mehr des gleichen. Mehr des gleichen. Mehr des gleichen. Mehr des glei- chen. Mehr des gleichen. Mehr des gleichen. Mehr des gleichen. Mehr des gleichen. Mehr des gleichen. Mehr des gleichen. Mehr des gleichen. Mehr des gleichen. Mehr des gleichen. Mehr des gleichen. Mehr des gleichen. Mehr des gleichen. Mehr des gleichen. Mehr des gleichen. Mehr des glei- chen. Mehr des gleichen. Mehr des gleichen. Mehr des gleichen. Mehr des gleichen. Mehr des gleichen. Mehr des gleichen. Mehr des gleichen. Mehr des gleichen. Mehr des gleichen. Mehr des gleichen. Mehr des gleichen. Mehr des gleichen. Mehr des gleichen. Mehr des gleichen. Mehr des glei- chen. Mehr des gleichen. Mehr des gleichen. Mehr des gleichen. Mehr des gleichen. Mehr des gleichen. Mehr des gleichen. Mehr des gleichen. Mehr des gleichen. Mehr des gleichen. Mehr des gleichen. Mehr des gleichen. Mehr des gleichen. Mehr des gleichen.

Mehr des gleichen. Mehr des gleichen. Mehr des gleichen. Mehr des glei- chen. Mehr des gleichen. Mehr des gleichen. Mehr des gleichen. Mehr des gleichen. Mehr des gleichen. Mehr des gleichen. Mehr des gleichen. Mehr des gleichen. Mehr des gleichen. Mehr des gleichen. Mehr des gleichen. Mehr des gleichen. Mehr des gleichen. Mehr des gleichen. Mehr des glei- chen. Mehr des gleichen.

Mehr des gleichen. Mehr des gleichen. Mehr des gleichen. Mehr des glei- chen. Mehr des gleichen. Mehr des gleichen. Mehr des gleichen. Mehr des gleichen. Mehr des gleichen. Mehr des gleichen. Mehr des gleichen. Mehr des gleichen. Mehr des gleichen.

Mehr des gleichen. Mehr des gleichen. Mehr des gleichen. Mehr des glei- chen. Mehr des gleichen. Mehr des gleichen. Mehr des gleichen. Mehr des gleichen. Mehr des gleichen. Mehr des gleichen. Mehr des gleichen. Mehr des gleichen. Mehr des gleichen. Mehr des gleichen. Mehr des gleichen. Mehr des gleichen. Mehr des gleichen. Mehr des gleichen. Mehr des glei- chen. Mehr des gleichen. Mehr des gleichen. Mehr des gleichen. Mehr des gleichen. Mehr des gleichen. Mehr des gleichen. Mehr des gleichen. Mehr des gleichen. Mehr des gleichen. Mehr des gleichen. Mehr des gleichen. Mehr des gleichen. Mehr des gleichen. Mehr des gleichen. Mehr des glei- chen. Mehr des gleichen. Mehr des gleichen. Mehr des gleichen. Mehr des

gleichen. Mehr des gleichen. Mehr des gleichen. Mehr des gleichen. Mehr
des gleichen. Mehr des gleichen.
Mehr des gleichen. Mehr des gleichen. Mehr des gleichen. Mehr des glei-
chen. Mehr des gleichen. Mehr des gleichen. Mehr des gleichen. Mehr des
gleichen. Mehr des gleichen. Mehr des gleichen. Mehr des gleichen. Mehr
des gleichen. Mehr des gleichen. Mehr des gleichen. Mehr des gleichen.
Mehr des gleichen. Mehr des gleichen. Mehr des gleichen. Mehr des glei-
chen. Mehr des gleichen. Mehr des gleichen. Mehr des gleichen. Mehr des
gleichen. Mehr des gleichen. Mehr des gleichen. Mehr des gleichen. Mehr
des gleichen. Mehr des gleichen. Mehr des gleichen. Mehr des gleichen.
Mehr des gleichen. Mehr des gleichen. Mehr des gleichen. Mehr des glei-
chen. Mehr des gleichen. Mehr des gleichen. Mehr des gleichen. Mehr des
gleichen. Mehr des gleichen. Mehr des gleichen. Mehr des gleichen. Mehr
des gleichen. Mehr des gleichen. Mehr des gleichen. Mehr des gleichen.
Mehr des gleichen. Mehr des gleichen. Mehr des gleichen. Mehr des glei-
chen. Mehr des gleichen. Mehr des gleichen. Mehr des gleichen. Mehr des
gleichen. Mehr des gleichen. Mehr des gleichen. Mehr des gleichen. Mehr
des gleichen. Mehr des gleichen. Mehr des gleichen. Mehr des gleichen.
Mehr des gleichen. Mehr des gleichen. Mehr des gleichen. Mehr des glei-
chen. Mehr des gleichen. Mehr des gleichen. Mehr des gleichen. Mehr des
gleichen. Mehr des gleichen. Mehr des gleichen. Mehr des gleichen. Mehr
des gleichen. Mehr des gleichen. Mehr des gleichen. Mehr des gleichen.
Mehr des gleichen. Mehr des gleichen. Mehr des gleichen. Mehr des glei-
chen. Mehr des gleichen. Mehr des gleichen. Mehr des gleichen. Mehr des
gleichen. Mehr des gleichen. Mehr des gleichen. Mehr des gleichen.
Mehr des gleichen. Mehr des gleichen. Mehr des gleichen. Mehr des glei-
chen. Mehr des gleichen. Mehr des gleichen. Mehr des gleichen. Mehr des
gleichen. Mehr des gleichen. Mehr des gleichen. Mehr des gleichen. Mehr
des gleichen. Mehr des gleichen. Mehr des gleichen. Mehr des gleichen.
Mehr des gleichen. Mehr des gleichen. Mehr des gleichen. Mehr des glei-
chen. Mehr des gleichen. Mehr des gleichen. Mehr des gleichen. Mehr des
gleichen. Mehr des gleichen. Mehr des gleichen. Mehr des gleichen. Mehr
des gleichen. Mehr des gleichen. Mehr des gleichen. Mehr des gleichen.
Mehr des gleichen. Mehr des gleichen. Mehr des gleichen. Mehr des glei-
chen. Mehr des gleichen. Mehr des gleichen. Mehr des gleichen. Mehr des
gleichen. Mehr des gleichen. Mehr des gleichen. Mehr des gleichen. Mehr
des gleichen. Mehr des gleichen. Mehr des gleichen. Mehr des gleichen.
Mehr des gleichen. Mehr des gleichen. Mehr des gleichen. Mehr des glei-
chen. Mehr des gleichen. Mehr des gleichen. Mehr des gleichen. Mehr des

gleichen. Mehr des gleichen. Mehr des gleichen. Mehr des gleichen. Mehr
des gleichen. Mehr des gleichen. Mehr des gleichen. Mehr des gleichen.
Mehr des gleichen. Mehr des gleichen. Mehr des gleichen. Mehr des glei-
chen. Mehr des gleichen. Mehr des gleichen. Mehr des gleichen. Mehr des
gleichen. Mehr des gleichen. Mehr des gleichen. Mehr des gleichen. Mehr
des gleichen. Mehr des gleichen. Mehr des gleichen. Mehr des gleichen.
Mehr des gleichen. Mehr des gleichen. Mehr des gleichen. Mehr des glei-
chen. Mehr des gleichen. Mehr des gleichen. Mehr des gleichen. Mehr des
gleichen. Mehr des gleichen. Mehr des gleichen. Mehr des gleichen. Mehr
des gleichen. Mehr des gleichen. Mehr des gleichen. Mehr des gleichen.
Mehr des gleichen. Mehr des gleichen. Mehr des gleichen. Mehr des glei-
chen. Mehr des gleichen. Mehr des gleichen. Mehr des gleichen. Mehr des
gleichen. Mehr des gleichen. Mehr des gleichen. Mehr des gleichen. Mehr
des gleichen. Mehr des gleichen. Mehr des gleichen. Mehr des gleichen.
Mehr des gleichen. Mehr des gleichen. Mehr des gleichen. Mehr des glei-
chen. Mehr des gleichen. Mehr des gleichen. Mehr des gleichen. Mehr des
gleichen. Mehr des gleichen. Mehr des gleichen.

Mehr des gleichen. Mehr des gleichen. Mehr des gleichen. Mehr des glei-
chen. Mehr des gleichen. Mehr des gleichen. Mehr des gleichen. Mehr des
gleichen. Mehr des gleichen. Mehr des gleichen. Mehr des gleichen. Mehr
des gleichen. Mehr des gleichen. Mehr des gleichen. Mehr des gleichen.
Mehr des gleichen. Mehr des gleichen. Mehr des gleichen. Mehr des glei-
chen. Mehr des gleichen. Mehr des gleichen. Mehr des gleichen. Mehr des
gleichen. Mehr des gleichen. Mehr des gleichen. Mehr des gleichen. Mehr
des gleichen. Mehr des gleichen. Mehr des gleichen. Mehr des gleichen.
Mehr des gleichen. Mehr des gleichen. Mehr des gleichen. Mehr des glei-
chen. Mehr des gleichen. Mehr des gleichen. Mehr des gleichen. Mehr des
gleichen. Mehr des gleichen. Mehr des gleichen. Mehr des gleichen. Mehr
des gleichen. Mehr des gleichen. Mehr des gleichen. Mehr des gleichen.
Mehr des gleichen. Mehr des gleichen. Mehr des gleichen. Mehr des glei-
chen. Mehr des gleichen. Mehr des gleichen. Mehr des gleichen. Mehr des
gleichen. Mehr des gleichen.

Mehr des gleichen. Mehr des gleichen. Mehr des gleichen. Mehr des glei-
chen. Mehr des gleichen. Mehr des gleichen. Mehr des gleichen. Mehr des
gleichen. Mehr des gleichen. Mehr des gleichen. Mehr des gleichen. Mehr
des gleichen. Mehr des gleichen. Mehr des gleichen. Mehr des gleichen.
Mehr des gleichen. Mehr des gleichen. Mehr des gleichen. Mehr des glei-
chen. Mehr des gleichen. Mehr des gleichen. Mehr des gleichen. Mehr des
gleichen. Mehr des gleichen. Mehr des gleichen. Mehr des gleichen. Mehr

des gleichen. Mehr des gleichen. Mehr des gleichen. Mehr des gleichen. Mehr des gleichen. Mehr des gleichen. Mehr des gleichen. Mehr des gleichen. Mehr des gleichen. Mehr des gleichen. Mehr des gleichen. Mehr des gleichen.
Mehr des gleichen. Mehr des gleichen.
Mehr des gleichen. Mehr des

gleichen. Mehr des gleichen. Mehr des gleichen. Mehr des gleichen. Mehr
des gleichen.
Mehr des gleichen. Mehr des gleichen. Mehr des gleichen. Mehr des glei-
chen. Mehr des gleichen. Mehr des gleichen. Mehr des gleichen. Mehr des
gleichen. Mehr des gleichen. Mehr des gleichen. Mehr des gleichen. Mehr
des gleichen. Mehr des gleichen. Mehr des gleichen. Mehr des gleichen.
Mehr des gleichen. Mehr des gleichen. Mehr des gleichen. Mehr des glei-
chen. Mehr des gleichen. Mehr des gleichen. Mehr des gleichen. Mehr des
gleichen. Mehr des gleichen. Mehr des gleichen. Mehr des gleichen. Mehr
des gleichen. Mehr des gleichen. Mehr des gleichen. Mehr des gleichen.
Mehr des gleichen. Mehr des gleichen. Mehr des gleichen. Mehr des glei-
chen. Mehr des gleichen. Mehr des gleichen. Mehr des gleichen. Mehr des
gleichen. Mehr des gleichen. Mehr des gleichen. Mehr des gleichen. Mehr
des gleichen.
Mehr des gleichen. Mehr des gleichen. Mehr des gleichen. Mehr des glei-
chen. Mehr des gleichen. Mehr des gleichen. Mehr des gleichen. Mehr des
gleichen. Mehr des gleichen. Mehr des gleichen. Mehr des gleichen. Mehr
des gleichen. Mehr des gleichen. Mehr des gleichen. Mehr des gleichen.
Mehr des gleichen. Mehr des gleichen. Mehr des gleichen. Mehr des glei-
chen. Mehr des gleichen. Mehr des gleichen. Mehr des gleichen. Mehr des
gleichen. Mehr des gleichen. Mehr des gleichen. Mehr des gleichen. Mehr
des gleichen. Mehr des gleichen. Mehr des gleichen. Mehr des gleichen.
Mehr des gleichen. Mehr des gleichen. Mehr des gleichen. Mehr des glei-
chen. Mehr des gleichen. Mehr des gleichen. Mehr des gleichen. Mehr des
gleichen. Mehr des gleichen. Mehr des gleichen. Mehr des gleichen. Mehr
des gleichen. Mehr des gleichen. Mehr des gleichen. Mehr des gleichen.
Mehr des gleichen. Mehr des gleichen. Mehr des gleichen. Mehr des glei-
chen. Mehr des gleichen. Mehr des gleichen. Mehr des gleichen. Mehr des
gleichen. Mehr des gleichen. Mehr des gleichen. Mehr des gleichen. Mehr
des gleichen. Mehr des gleichen. Mehr des gleichen. Mehr des gleichen.
Mehr des gleichen. Mehr des gleichen. Mehr des gleichen. Mehr des glei-
chen. Mehr des gleichen. Mehr des gleichen. Mehr des gleichen. Mehr des
gleichen. Mehr des gleichen. Mehr des gleichen. Mehr des gleichen. Mehr
des gleichen. Mehr des gleichen. Mehr des gleichen. Mehr des gleichen.
Mehr des gleichen. Mehr des gleichen. Mehr des gleichen. Mehr des gleichen. Mehr des gleichen.
Mehr des gleichen. Mehr des gleichen. Mehr des gleichen. Mehr des glei-
chen. Mehr des gleichen. Mehr des gleichen. Mehr des gleichen. Mehr des
gleichen. Mehr des gleichen. Mehr des gleichen. Mehr des gleichen. Mehr

des gleichen. Mehr des gleichen.

Mehr des gleichen. Mehr des gleichen. Mehr des gleichen. Mehr des gleichen. Mehr des gleichen. Mehr des gleichen. Mehr des gleichen. Mehr des gleichen. Mehr des gleichen. Mehr des gleichen. Mehr des gleichen. Mehr des gleichen. Mehr des gleichen. Mehr des gleichen.

Kapitel V

Mehr des gleichen. Mehr des gleichen. Mehr des gleichen. Mehr des glei-
chen. Mehr des gleichen. Mehr des gleichen. Mehr des gleichen. Mehr des
gleichen. Mehr des gleichen. Mehr des gleichen. Mehr des gleichen. Mehr
des gleichen. Mehr des gleichen. Mehr des gleichen. Mehr des gleichen.
Mehr des gleichen. Mehr des gleichen. Mehr des gleichen.
Mehr des gleichen. Mehr des gleichen. Mehr des gleichen. Mehr des glei-
chen. Mehr des gleichen. Mehr des gleichen. Mehr des gleichen. Mehr des
gleichen. Mehr des gleichen. Mehr des gleichen. Mehr des gleichen. Mehr
des gleichen. Mehr des gleichen. Mehr des gleichen. Mehr des gleichen.
Mehr des gleichen. Mehr des gleichen. Mehr des gleichen. Mehr des glei-
chen. Mehr des gleichen. Mehr des gleichen. Mehr des gleichen. Mehr des
gleichen. Mehr des gleichen. Mehr des gleichen. Mehr des gleichen. Mehr
des gleichen. Mehr des gleichen. Mehr des gleichen. Mehr des gleichen.
Mehr des gleichen. Mehr des gleichen. Mehr des gleichen. Mehr des glei-
chen. Mehr des gleichen. Mehr des gleichen. Mehr des gleichen. Mehr des
gleichen. Mehr des gleichen. Mehr des gleichen. Mehr des gleichen. Mehr
des gleichen.
Mehr des gleichen. Mehr des gleichen. Mehr des gleichen. Mehr des glei-
chen. Mehr des gleichen. Mehr des gleichen. Mehr des gleichen. Mehr des
gleichen. Mehr des gleichen. Mehr des gleichen. Mehr des gleichen. Mehr
des gleichen. Mehr des gleichen. Mehr des gleichen. Mehr des gleichen.
Mehr des gleichen. Mehr des gleichen. Mehr des gleichen. Mehr des glei-
chen. Mehr des gleichen. Mehr des gleichen. Mehr des gleichen. Mehr des
gleichen. Mehr des gleichen. Mehr des gleichen. Mehr des gleichen. Mehr
des gleichen. Mehr des gleichen. Mehr des gleichen. Mehr des gleichen.
Mehr des gleichen. Mehr des gleichen. Mehr des gleichen. Mehr des glei-
chen. Mehr des gleichen. Mehr des gleichen. Mehr des gleichen. Mehr des

gleichen. Mehr des gleichen.

Mehr des gleichen. Mehr des gleichen.

Mehr des gleichen. Mehr des gleichen.

Mehr des gleichen. Mehr des gleichen.

Mehr des gleichen. Mehr des gleichen.

Mehr des gleichen. Mehr des gleichen.

Mehr des gleichen. Mehr des gleichen.
Mehr des gleichen. Mehr des gleichen.
Mehr des gleichen. Mehr des gleichen.
Mehr des gleichen. Mehr des gleichen. Mehr des gleichen. Mehr des gleichen. Mehr des gleichen. Mehr des gleichen. Mehr des gleichen. Mehr des gleichen. Mehr des gleichen. Mehr des gleichen. Mehr des gleichen. Mehr des gleichen. Mehr des gleichen. Mehr des gleichen. Mehr des gleichen. Mehr des gleichen. Mehr des gleichen. Mehr des gleichen. Mehr des

gleichen. Mehr des gleichen.

Mehr des gleichen. Mehr des gleichen.

Mehr des gleichen. Mehr des gleichen. Mehr des gleichen. Mehr des gleichen. Mehr des gleichen. Mehr des gleichen. Mehr des gleichen. Mehr des gleichen. Mehr des gleichen. Mehr des gleichen. Mehr des gleichen. Mehr des gleichen. Mehr des gleichen. Mehr des gleichen. Mehr des gleichen. Mehr des gleichen. Mehr des gleichen. Mehr des gleichen. Mehr des gleichen. Mehr des glei

chen. Mehr des gleichen. Mehr des gleichen. Mehr des gleichen. Mehr des gleichen. Mehr des gleichen. Mehr des gleichen. Mehr des gleichen. Mehr des gleichen. Mehr des gleichen. Mehr des gleichen. Mehr des gleichen. Mehr des gleichen. Mehr des gleichen. Mehr des gleichen. Mehr des gleichen. Mehr des gleichen. Mehr des gleichen.

Mehr des gleichen. Mehr des gleichen.

Mehr des gleichen. Mehr

des gleichen. Mehr des gleichen. Mehr des gleichen. Mehr des gleichen. Mehr des gleichen. Mehr des gleichen. Mehr des gleichen. Mehr des gleichen. Mehr des gleichen. Mehr des gleichen. Mehr des gleichen. Mehr des gleichen. Mehr des gleichen. Mehr des gleichen. Mehr des gleichen. Mehr des gleichen.

Mehr des gleichen. Mehr des gleichen.

Mehr des gleichen. Mehr des gleichen.

Mehr des gleichen. Mehr des gleichen.

Mehr des gleichen. Mehr des gleichen. Mehr des gleichen. Mehr des gleichen. Mehr des gleichen. Mehr des gleichen. Mehr des gleichen. Mehr des gleichen. Mehr des gleichen. Mehr des gleichen.

Mehr des gleichen. Mehr des gleichen. Mehr des gleichen. Mehr des gleichen. Mehr des gleichen. Mehr des gleichen. Mehr des gleichen. Mehr des gleichen. Mehr des gleichen. Mehr des gleichen. Mehr des gleichen. Mehr des gleichen.

Mehr des gleichen. Mehr des gleichen.

Mehr des gleichen. Mehr

des gleichen. Mehr des gleichen. Mehr des gleichen. Mehr des gleichen. Mehr des gleichen. Mehr des gleichen. Mehr des gleichen. Mehr des gleichen. Mehr des gleichen. Mehr des gleichen. Mehr des gleichen. Mehr des gleichen. Mehr des gleichen. Mehr des gleichen.

Mehr des gleichen. Mehr des gleichen.

Mehr des gleichen. Mehr des gleichen.

Mehr des gleichen. Mehr des gleichen. Mehr des gleichen. Mehr des gleichen. Mehr des gleichen. Mehr des gleichen. Mehr des gleichen. Mehr des gleichen. Mehr des gleichen. Mehr des gleichen. Mehr des gleichen. Mehr des gleichen. Mehr des gleichen. Mehr des gleichen. Mehr des gleichen. Mehr des gleichen. Mehr des gleichen. Mehr des gleichen. Mehr des gleichen. Mehr des gleichen.

Mehr des gleichen. Mehr des gleichen.
Mehr des gleichen. Mehr des gleichen.
Mehr des gleichen. Mehr des gleichen.
Mehr des gleichen. Mehr des glei-

chen. Mehr des gleichen.

Mehr des gleichen. Mehr des gleichen.

Mehr des gleichen. Mehr des gleichen.

Mehr des gleichen. Mehr des gleichen.
Mehr des gleichen. Mehr des

gleichen. Mehr des gleichen. Mehr des gleichen. Mehr des gleichen. Mehr des gleichen. Mehr des gleichen. Mehr des gleichen.

Mehr des gleichen. Mehr des gleichen.

Mehr des gleichen. Mehr des gleichen.

Mehr des gleichen. Mehr des gleichen.

Mehr des gleichen. Mehr des glei-

chen. Mehr des gleichen. Mehr des gleichen. Mehr des gleichen. Mehr des gleichen. Mehr des gleichen. Mehr des gleichen. Mehr des gleichen. Mehr des gleichen. Mehr des gleichen.

Mehr des gleichen. Mehr des gleichen.

Mehr des gleichen. Mehr des gleichen.

Mehr des gleichen. Mehr des gleichen.

Mehr des gleichen. Mehr des gleichen.

Mehr des gleichen. Mehr des gleichen. Mehr des gleichen. Mehr des gleichen. Mehr des gleichen. Mehr des gleichen. Mehr des gleichen. Mehr des gleichen. Mehr des gleichen. Mehr des gleichen. Mehr des gleichen. Mehr des gleichen. Mehr des gleichen. Mehr des gleichen. Mehr des gleichen. Mehr des gleichen. Mehr des gleichen. Mehr des gleichen. Mehr des glei-

chen. Mehr des gleichen. Mehr des gleichen. Mehr des gleichen. Mehr des
gleichen. Mehr des gleichen. Mehr des gleichen. Mehr des gleichen. Mehr
des gleichen. Mehr des gleichen. Mehr des gleichen. Mehr des gleichen. Mehr
des gleichen. Mehr des gleichen. Mehr des gleichen. Mehr des gleichen. Mehr
des gleichen. Mehr des gleichen. Mehr des gleichen. Mehr des gleichen.
Mehr des gleichen. Mehr des gleichen. Mehr des gleichen. Mehr des glei-
chen. Mehr des gleichen. Mehr des gleichen. Mehr des gleichen. Mehr des
gleichen. Mehr des gleichen. Mehr des gleichen. Mehr des gleichen. Mehr
des gleichen. Mehr des gleichen. Mehr des gleichen. Mehr des gleichen.
Mehr des gleichen. Mehr des gleichen. Mehr des gleichen. Mehr des gleichen. Mehr des gleichen.
Mehr des gleichen. Mehr des gleichen. Mehr des gleichen. Mehr des glei-
chen. Mehr des gleichen. Mehr des gleichen. Mehr des gleichen. Mehr des
gleichen. Mehr des gleichen. Mehr des gleichen. Mehr des gleichen. Mehr
des gleichen. Mehr des gleichen. Mehr des gleichen. Mehr des gleichen.
Mehr des gleichen. Mehr des gleichen. Mehr des gleichen. Mehr des glei-
chen. Mehr des gleichen. Mehr des gleichen. Mehr des gleichen. Mehr des
gleichen. Mehr des gleichen. Mehr des gleichen. Mehr des gleichen. Mehr
des gleichen. Mehr des gleichen. Mehr des gleichen. Mehr des gleichen.
Mehr des gleichen. Mehr des gleichen. Mehr des gleichen. Mehr des glei-
chen. Mehr des gleichen. Mehr des gleichen. Mehr des gleichen. Mehr des
gleichen. Mehr des gleichen. Mehr des gleichen. Mehr des gleichen. Mehr
des gleichen. Mehr des gleichen. Mehr des gleichen. Mehr des gleichen.
Mehr des gleichen. Mehr des gleichen. Mehr des gleichen. Mehr des glei-
chen. Mehr des gleichen. Mehr des gleichen. Mehr des gleichen. Mehr des
gleichen. Mehr des gleichen. Mehr des gleichen. Mehr des gleichen. Mehr
des gleichen. Mehr des gleichen. Mehr des gleichen. Mehr des gleichen.
Mehr des gleichen. Mehr des gleichen. Mehr des gleichen. Mehr des glei-
chen. Mehr des gleichen. Mehr des gleichen. Mehr des gleichen. Mehr des
gleichen. Mehr des gleichen. Mehr des gleichen. Mehr des gleichen. Mehr
des gleichen. Mehr des gleichen. Mehr des gleichen. Mehr des gleichen.
Mehr des gleichen. Mehr des gleichen. Mehr des gleichen. Mehr des glei-
chen. Mehr des gleichen. Mehr des gleichen. Mehr des gleichen. Mehr des
gleichen. Mehr des gleichen. Mehr des gleichen. Mehr des gleichen. Mehr
des gleichen. Mehr des gleichen. Mehr des gleichen. Mehr des gleichen.

Mehr des gleichen. Mehr des gleichen. Mehr des gleichen. Mehr des gleichen. Mehr des gleichen. Mehr des gleichen. Mehr des gleichen. Mehr des gleichen. Mehr des gleichen. Mehr des gleichen. Mehr des gleichen. Mehr des gleichen. Mehr des gleichen. Mehr des gleichen. Mehr des gleichen.

Mehr des gleichen. Mehr des gleichen.

Mehr des gleichen. Mehr des gleichen.

Mehr des gleichen. Mehr des gleichen. Mehr des gleichen. Mehr des gleichen. Mehr des gleichen. Mehr des gleichen. Mehr des gleichen. Mehr des gleichen. Mehr des gleichen. Mehr des gleichen. Mehr des gleichen. Mehr des gleichen. Mehr des gleichen. Mehr des gleichen. Mehr des gleichen. Mehr des gleichen. Mehr des gleichen. Mehr des gleichen. Mehr des gleichen. Mehr des gleichen.

Mehr des gleichen. Mehr des gleichen. Mehr des gleichen. Mehr des gleichen. Mehr des gleichen.

Mehr des gleichen. Mehr des gleichen.

Mehr des gleichen. Mehr des gleichen.

Mehr des gleichen. Mehr des glei-

chen. Mehr des gleichen. Mehr des gleichen. Mehr des gleichen. Mehr des gleichen. Mehr des gleichen. Mehr des gleichen. Mehr des gleichen.
Mehr des gleichen. Mehr des gleichen. Mehr des gleichen. Mehr des gleichen. Mehr des gleichen. Mehr des gleichen. Mehr des gleichen. Mehr des gleichen. Mehr des gleichen. Mehr des gleichen. Mehr des gleichen.
Mehr des gleichen. Mehr des gleichen.
Mehr des gleichen. Mehr des gleichen. Mehr des gleichen.

Kapitel VI

Mehr des gleichen. Mehr des gleichen. Mehr des gleichen. Mehr des glei-
chen. Mehr des gleichen. Mehr des gleichen. Mehr des gleichen. Mehr des
gleichen. Mehr des gleichen. Mehr des gleichen. Mehr des gleichen. Mehr
des gleichen. Mehr des gleichen. Mehr des gleichen. Mehr des gleichen.
Mehr des gleichen. Mehr des gleichen. Mehr des gleichen. Mehr des glei-
chen. Mehr des gleichen. Mehr des gleichen. Mehr des gleichen. Mehr des
gleichen. Mehr des gleichen. Mehr des gleichen. Mehr des gleichen. Mehr
des gleichen. Mehr des gleichen. Mehr des gleichen. Mehr des gleichen.
Mehr des gleichen. Mehr des gleichen. Mehr des gleichen. Mehr des glei-
chen. Mehr des gleichen. Mehr des gleichen. Mehr des gleichen. Mehr des
gleichen. Mehr des gleichen. Mehr des gleichen. Mehr des gleichen. Mehr
des gleichen. Mehr des gleichen. Mehr des gleichen. Mehr des gleichen.
Mehr des gleichen. Mehr des gleichen. Mehr des gleichen. Mehr des glei-
chen. Mehr des gleichen. Mehr des gleichen. Mehr des gleichen. Mehr des
gleichen. Mehr des gleichen. Mehr des gleichen. Mehr des gleichen. Mehr
des gleichen. Mehr des gleichen. Mehr des gleichen. Mehr des gleichen.
Mehr des gleichen. Mehr des gleichen. Mehr des gleichen. Mehr des glei-
chen. Mehr des gleichen. Mehr des gleichen. Mehr des gleichen. Mehr des
gleichen. Mehr des gleichen. Mehr des gleichen. Mehr des gleichen. Mehr
des gleichen. Mehr des gleichen. Mehr des gleichen. Mehr des gleichen.
Mehr des gleichen. Mehr des gleichen. Mehr des gleichen. Mehr des glei-
chen. Mehr des gleichen. Mehr des gleichen. Mehr des gleichen. Mehr des
gleichen. Mehr des gleichen. Mehr des gleichen. Mehr des gleichen. Mehr
des gleichen. Mehr des gleichen. Mehr des gleichen. Mehr des gleichen.
Mehr des gleichen. Mehr des gleichen. Mehr des gleichen. Mehr des glei-
chen. Mehr des gleichen. Mehr des gleichen. Mehr des gleichen. Mehr des
gleichen. Mehr des gleichen. Mehr des gleichen. Mehr des gleichen. Mehr

des gleichen. Mehr des gleichen.

Mehr des gleichen. Mehr des gleichen.

Mehr des gleichen. Mehr des glei-

chen. Mehr des gleichen. Mehr des gleichen. Mehr des gleichen. Mehr des gleichen. Mehr des gleichen. Mehr des gleichen. Mehr des gleichen. Mehr des gleichen. Mehr des gleichen. Mehr des gleichen. Mehr des gleichen. Mehr des gleichen.

Mehr des gleichen. Mehr des gleichen.

Mehr des gleichen. Mehr des gleichen.

Mehr des gleichen. Mehr des glei-

chen. Mehr des gleichen. Mehr des gleichen. Mehr des gleichen. Mehr des gleichen. Mehr des gleichen. Mehr des gleichen. Mehr des gleichen. Mehr des gleichen. Mehr des gleichen. Mehr des gleichen. Mehr des gleichen. Mehr des gleichen. Mehr des gleichen. Mehr des gleichen. Mehr des gleichen. Mehr des gleichen. Mehr des gleichen.

Mehr des gleichen. Mehr des gleichen.

Mehr des gleichen. Mehr des glei-

chen. Mehr des gleichen. Mehr des gleichen. Mehr des gleichen. Mehr des
gleichen. Mehr des gleichen. Mehr des gleichen. Mehr des gleichen. Mehr
des gleichen. Mehr des gleichen. Mehr des gleichen. Mehr des gleichen.
Mehr des gleichen. Mehr des gleichen. Mehr des gleichen. Mehr des glei-
chen. Mehr des gleichen. Mehr des gleichen. Mehr des gleichen. Mehr des
gleichen. Mehr des gleichen. Mehr des gleichen. Mehr des gleichen. Mehr
des gleichen. Mehr des gleichen. Mehr des gleichen. Mehr des gleichen.
Mehr des gleichen. Mehr des gleichen. Mehr des gleichen. Mehr des glei-
chen. Mehr des gleichen. Mehr des gleichen. Mehr des gleichen. Mehr des
gleichen. Mehr des gleichen. Mehr des gleichen. Mehr des gleichen. Mehr
des gleichen. Mehr des gleichen. Mehr des gleichen. Mehr des gleichen.
Mehr des gleichen. Mehr des gleichen. Mehr des gleichen. Mehr des glei-
chen. Mehr des gleichen. Mehr des gleichen. Mehr des gleichen. Mehr des
gleichen. Mehr des gleichen. Mehr des gleichen. Mehr des gleichen. Mehr
des gleichen. Mehr des gleichen. Mehr des gleichen. Mehr des gleichen.
Mehr des gleichen. Mehr des gleichen. Mehr des gleichen. Mehr des glei-
chen. Mehr des gleichen. Mehr des gleichen. Mehr des gleichen. Mehr des
gleichen. Mehr des gleichen. Mehr des gleichen. Mehr des gleichen. Mehr
des gleichen. Mehr des gleichen. Mehr des gleichen. Mehr des gleichen.
Mehr des gleichen. Mehr des gleichen. Mehr des gleichen. Mehr des glei-
chen. Mehr des gleichen. Mehr des gleichen. Mehr des gleichen. Mehr des
gleichen. Mehr des gleichen. Mehr des gleichen. Mehr des gleichen. Mehr
des gleichen. Mehr des gleichen. Mehr des gleichen. Mehr des gleichen.
Mehr des gleichen. Mehr des gleichen. Mehr des gleichen. Mehr des glei-
chen. Mehr des gleichen. Mehr des gleichen. Mehr des gleichen. Mehr des
gleichen. Mehr des gleichen. Mehr des gleichen. Mehr des gleichen. Mehr
des gleichen. Mehr des gleichen. Mehr des gleichen. Mehr des gleichen.
Mehr des gleichen. Mehr des gleichen.
Mehr des gleichen. Mehr des gleichen. Mehr des gleichen. Mehr des glei-
chen. Mehr des gleichen. Mehr des gleichen. Mehr des gleichen. Mehr des
gleichen. Mehr des gleichen. Mehr des gleichen. Mehr des gleichen. Mehr
des gleichen. Mehr des gleichen. Mehr des gleichen. Mehr des gleichen.
Mehr des gleichen. Mehr des gleichen. Mehr des gleichen. Mehr des glei-
chen. Mehr des gleichen. Mehr des gleichen. Mehr des gleichen. Mehr des
gleichen. Mehr des gleichen. Mehr des gleichen. Mehr des gleichen. Mehr
des gleichen. Mehr des gleichen. Mehr des gleichen. Mehr des gleichen.
Mehr des gleichen. Mehr des gleichen. Mehr des gleichen. Mehr des glei-
chen. Mehr des gleichen. Mehr des gleichen. Mehr des gleichen. Mehr des
gleichen. Mehr des gleichen. Mehr des gleichen. Mehr des gleichen. Mehr

des gleichen. Mehr des gleichen. Mehr des gleichen. Mehr des gleichen. Mehr des gleichen. Mehr des gleichen. Mehr des gleichen. Mehr des gleichen. Mehr des gleichen. Mehr des gleichen.

Mehr des gleichen. Mehr des gleichen.

Mehr des gleichen. Mehr des gleichen.

Mehr des gleichen. Mehr des gleichen.

Mehr des gleichen. Mehr

des gleichen. Mehr des gleichen. Mehr des gleichen. Mehr des gleichen. Mehr des gleichen. Mehr des gleichen.

Mehr des gleichen. Mehr des gleichen.

Mehr des gleichen. Mehr des

gleichen. Mehr des gleichen. Mehr des gleichen. Mehr des gleichen. Mehr des gleichen. Mehr des gleichen. Mehr des gleichen. Mehr des gleichen. Mehr des gleichen. Mehr des gleichen. Mehr des gleichen. Mehr des gleichen. Mehr des gleichen. Mehr des gleichen. Mehr des gleichen. Mehr des gleichen.

Mehr des gleichen. Mehr des gleichen.

Mehr des gleichen. Mehr des gleichen.

Mehr des gleichen. Mehr des gleichen.

Mehr des gleichen. Mehr des gleichen.

Mehr des gleichen. Mehr des gleichen.

Mehr des gleichen. Mehr

des gleichen. Mehr des gleichen. Mehr des gleichen. Mehr des gleichen. Mehr des gleichen. Mehr des gleichen. Mehr des gleichen. Mehr des gleichen. Mehr des gleichen.

Mehr des gleichen. Mehr des gleichen.

Mehr des gleichen. Mehr des gleichen.

Mehr des gleichen. Mehr des gleichen.

Mehr des gleichen. Mehr des gleichen. Mehr des gleichen. Mehr des gleichen. Mehr des gleichen. Mehr des gleichen. Mehr des gleichen. Mehr des

gleichen. Mehr des gleichen. Mehr des gleichen. Mehr des gleichen. Mehr
des gleichen. Mehr des gleichen. Mehr des gleichen. Mehr des gleichen.
Mehr des gleichen. Mehr des gleichen. Mehr des gleichen. Mehr des glei-
chen. Mehr des gleichen. Mehr des gleichen. Mehr des gleichen. Mehr des
gleichen. Mehr des gleichen. Mehr des gleichen. Mehr des gleichen. Mehr
des gleichen. Mehr des gleichen. Mehr des gleichen. Mehr des gleichen.
Mehr des gleichen. Mehr des gleichen. Mehr des gleichen. Mehr des glei-
chen. Mehr des gleichen. Mehr des gleichen. Mehr des gleichen. Mehr des
gleichen. Mehr des gleichen. Mehr des gleichen. Mehr des gleichen. Mehr
des gleichen. Mehr des gleichen. Mehr des gleichen. Mehr des gleichen.
Mehr des gleichen. Mehr des gleichen. Mehr des gleichen. Mehr des glei-
chen. Mehr des gleichen. Mehr des gleichen. Mehr des gleichen. Mehr des
gleichen. Mehr des gleichen. Mehr des gleichen. Mehr des gleichen. Mehr
des gleichen. Mehr des gleichen. Mehr des gleichen. Mehr des gleichen.
Mehr des gleichen. Mehr des gleichen. Mehr des gleichen. Mehr des glei-
chen. Mehr des gleichen. Mehr des gleichen. Mehr des gleichen. Mehr des
gleichen. Mehr des gleichen. Mehr des gleichen. Mehr des gleichen. Mehr
des gleichen. Mehr des gleichen. Mehr des gleichen. Mehr des gleichen.
Mehr des gleichen. Mehr des gleichen. Mehr des gleichen. Mehr des glei-
chen. Mehr des gleichen. Mehr des gleichen. Mehr des gleichen. Mehr des
gleichen. Mehr des gleichen. Mehr des gleichen. Mehr des gleichen. Mehr
des gleichen. Mehr des gleichen. Mehr des gleichen. Mehr des gleichen.
Mehr des gleichen. Mehr des gleichen. Mehr des gleichen. Mehr des glei-
chen. Mehr des gleichen. Mehr des gleichen. Mehr des gleichen. Mehr des
gleichen. Mehr des gleichen. Mehr des gleichen. Mehr des gleichen. Mehr
des gleichen. Mehr des gleichen. Mehr des gleichen.
Mehr des gleichen. Mehr des gleichen. Mehr des gleichen. Mehr des glei-
chen. Mehr des gleichen. Mehr des gleichen. Mehr des gleichen. Mehr des
gleichen. Mehr des gleichen. Mehr des gleichen. Mehr des gleichen. Mehr
des gleichen. Mehr des gleichen. Mehr des gleichen. Mehr des gleichen.
Mehr des gleichen. Mehr des gleichen. Mehr des gleichen. Mehr des glei-
chen. Mehr des gleichen. Mehr des gleichen. Mehr des gleichen. Mehr des
gleichen. Mehr des gleichen. Mehr des gleichen. Mehr des gleichen. Mehr
des gleichen. Mehr des gleichen. Mehr des gleichen. Mehr des gleichen. Mehr
des gleichen. Mehr des gleichen. Mehr des gleichen. Mehr des gleichen.
Mehr des gleichen. Mehr des gleichen.
Mehr des gleichen. Mehr des gleichen. Mehr des gleichen. Mehr des glei-
chen. Mehr des gleichen. Mehr des gleichen. Mehr des gleichen. Mehr des
gleichen. Mehr des gleichen. Mehr des gleichen. Mehr des gleichen. Mehr

des gleichen. Mehr des gleichen. Mehr des gleichen. Mehr des gleichen. Mehr des gleichen. Mehr des gleichen. Mehr des gleichen. Mehr des gleichen. Mehr des gleichen.

Mehr des gleichen. Mehr des gleichen.

Mehr des gleichen. Mehr des gleichen.

Mehr des gleichen. Mehr

des gleichen. Mehr des gleichen.

Mehr des gleichen. Mehr des gleichen.

Mehr des gleichen. Mehr des

gleichen. Mehr des gleichen. Mehr des gleichen. Mehr des gleichen. Mehr des gleichen. Mehr des gleichen. Mehr des gleichen. Mehr des gleichen. Mehr des gleichen.

Mehr des gleichen. Mehr des gleichen.

Mehr des gleichen. Mehr des gleichen.

Mehr des gleichen. Mehr des gleichen.

Mehr des gleichen. Mehr des gleichen. Mehr des gleichen. Mehr des gleichen. Mehr des gleichen. Mehr des gleichen. Mehr des gleichen. Mehr des gleichen. Mehr des gleichen. Mehr des gleichen. Mehr des gleichen. Mehr des gleichen. Mehr des gleichen. Mehr des gleichen.

Mehr des gleichen. Mehr des gleichen. Mehr des gleichen. Mehr des gleichen. Mehr des gleichen.
Mehr des gleichen. Mehr des gleichen. Mehr des gleichen. Mehr des glei-
chen. Mehr des gleichen. Mehr des gleichen. Mehr des gleichen. Mehr des
gleichen. Mehr des gleichen. Mehr des gleichen. Mehr des gleichen. Mehr
des gleichen. Mehr des gleichen. Mehr des gleichen. Mehr des gleichen.
Mehr des gleichen. Mehr des gleichen. Mehr des gleichen. Mehr des glei-
chen. Mehr des gleichen. Mehr des gleichen. Mehr des gleichen. Mehr des
gleichen. Mehr des gleichen. Mehr des gleichen. Mehr des gleichen. Mehr
des gleichen. Mehr des gleichen. Mehr des gleichen. Mehr des gleichen.
Mehr des gleichen. Mehr des gleichen. Mehr des gleichen. Mehr des glei-
chen. Mehr des gleichen. Mehr des gleichen. Mehr des gleichen. Mehr des
gleichen. Mehr des gleichen. Mehr des gleichen. Mehr des gleichen. Mehr
des gleichen. Mehr des gleichen. Mehr des gleichen. Mehr des gleichen. Mehr
des gleichen. Mehr des gleichen. Mehr des gleichen. Mehr des gleichen. Mehr
des gleichen. Mehr des gleichen. Mehr des gleichen. Mehr des gleichen.
Mehr des gleichen. Mehr des gleichen. Mehr des gleichen. Mehr des glei-
chen. Mehr des gleichen. Mehr des gleichen. Mehr des gleichen. Mehr des
gleichen. Mehr des gleichen. Mehr des gleichen. Mehr des gleichen. Mehr
des gleichen. Mehr des gleichen. Mehr des gleichen. Mehr des gleichen.
Mehr des gleichen. Mehr des gleichen. Mehr des gleichen. Mehr des glei-
chen. Mehr des gleichen. Mehr des gleichen. Mehr des gleichen. Mehr des
gleichen. Mehr des gleichen. Mehr des gleichen. Mehr des gleichen. Mehr
des gleichen. Mehr des gleichen. Mehr des gleichen. Mehr des gleichen.
Mehr des gleichen. Mehr des gleichen.
Mehr des gleichen. Mehr des gleichen. Mehr des gleichen. Mehr des glei-
chen. Mehr des gleichen. Mehr des gleichen. Mehr des gleichen. Mehr des
gleichen. Mehr des gleichen. Mehr des gleichen. Mehr des gleichen. Mehr
des gleichen. Mehr des gleichen. Mehr des gleichen. Mehr des gleichen.
Mehr des gleichen. Mehr des gleichen. Mehr des gleichen. Mehr des glei-
chen. Mehr des gleichen. Mehr des gleichen. Mehr des gleichen. Mehr des
gleichen. Mehr des gleichen. Mehr des gleichen. Mehr des gleichen. Mehr
des gleichen. Mehr des gleichen. Mehr des gleichen. Mehr des gleichen.
Mehr des gleichen. Mehr des gleichen. Mehr des gleichen. Mehr des glei-
chen. Mehr des gleichen. Mehr des gleichen. Mehr des gleichen. Mehr des
gleichen. Mehr des gleichen. Mehr des gleichen. Mehr des gleichen. Mehr
des gleichen. Mehr des gleichen. Mehr des gleichen. Mehr des gleichen.
Mehr des gleichen. Mehr des gleichen. Mehr des gleichen. Mehr des glei-

chen. Mehr des gleichen. Mehr des gleichen. Mehr des gleichen. Mehr des gleichen. Mehr des gleichen. Mehr des gleichen. Mehr des gleichen. Mehr des gleichen. Mehr des gleichen. Mehr des gleichen. Mehr des gleichen. Mehr des gleichen. Mehr des gleichen. Mehr des gleichen.

Mehr des gleichen. Mehr des gleichen. Mehr des gleichen. Mehr des gleichen. Mehr des gleichen. Mehr des gleichen. Mehr des gleichen. Mehr des gleichen. Mehr des gleichen. Mehr des gleichen. Mehr des gleichen. Mehr des gleichen. Mehr des gleichen. Mehr des gleichen. Mehr des gleichen.

Mehr des gleichen. Mehr des gleichen.

Kapitel VII

Mehr des gleichen. Mehr des gleichen.
Mehr des gleichen. Mehr des gleichen. Mehr des gleichen. Mehr des gleichen. Mehr des gleichen. Mehr des gleichen. Mehr des gleichen. Mehr des gleichen. Mehr des gleichen. Mehr des gleichen. Mehr des gleichen. Mehr des gleichen. Mehr des gleichen. Mehr des gleichen. Mehr des gleichen. Mehr des gleichen. Mehr des gleichen. Mehr des gleichen.
Mehr des gleichen. Mehr des

gleichen. Mehr des gleichen.

Mehr des gleichen. Mehr des gleichen.

Mehr des gleichen. Mehr des gleichen.

Mehr des gleichen. Mehr des gleichen. Mehr des gleichen. Mehr des gleichen. Mehr des gleichen. Mehr des gleichen. Mehr des gleichen. Mehr des gleichen. Mehr des gleichen. Mehr des gleichen. Mehr des gleichen. Mehr des gleichen. Mehr

des gleichen. Mehr des gleichen.

Mehr des gleichen. Mehr des

gleichen. Mehr des gleichen.

Mehr des gleichen. Mehr des gleichen.

Mehr des gleichen. Mehr des glei-

chen. Mehr des gleichen. Mehr des gleichen. Mehr des gleichen. Mehr des gleichen. Mehr des gleichen. Mehr des gleichen. Mehr des gleichen. Mehr des gleichen.

Mehr des gleichen. Mehr des gleichen.

Mehr des gleichen. Mehr des glei-

chen. Mehr des gleichen. Mehr des gleichen. Mehr des gleichen. Mehr des gleichen. Mehr des gleichen. Mehr des gleichen. Mehr des gleichen. Mehr des gleichen. Mehr des gleichen. Mehr des gleichen. Mehr des gleichen. Mehr des gleichen. Mehr des gleichen. Mehr des gleichen. Mehr des gleichen. Mehr des glei-chen. Mehr des gleichen. Mehr des gleichen. Mehr des gleichen. Mehr des gleichen. Mehr des gleichen. Mehr des gleichen. Mehr des gleichen. Mehr des gleichen. Mehr des gleichen. Mehr des gleichen. Mehr des gleichen.

Mehr des gleichen. Mehr des gleichen. Mehr des gleichen. Mehr des glei-chen. Mehr des gleichen. Mehr des gleichen. Mehr des gleichen. Mehr des gleichen. Mehr des gleichen. Mehr des gleichen. Mehr des gleichen. Mehr des gleichen. Mehr des gleichen. Mehr des gleichen. Mehr des gleichen. Mehr des gleichen. Mehr des gleichen. Mehr des gleichen. Mehr des glei-chen. Mehr des gleichen. Mehr des gleichen. Mehr des gleichen. Mehr des gleichen. Mehr des gleichen. Mehr des gleichen. Mehr des gleichen. Mehr des gleichen. Mehr des gleichen. Mehr des gleichen.